U0060259
摩氏7.8度
販子◆著
土揚灰飛，結局隨之落幕。
該知道，你承擔不起。

販存一切意想得到的尋常不尋常載體

出賣一切麻醉神經的瑣碎不瑣碎文字

目錄

第一篇　筋脈

願　我獨　荒原盡　不朽心房
致　時動　石吐花　倒錯桑田
忘　究源　知所知　莫不無解

維杰的話：
「兄弟之間，是根深的，可以心照不宣，
卻容易忽略而脆弱不堪。親情無法只靠血液連繫。
我用人生的一個空檔，找尋你曾經活著的痕跡。
透過你身邊的每一個人，我逐漸找到你人生的最後缺塊。

藍皓的解脫。

真相，永遠沒有預期般那麼滿足人的想像，

當事實最終靠近，我才驚覺，

我沒有那麼想知道答案。

懦弱。

不是每件事都要尋根究底，

永遠不要揭穿那些本來你不該知道的事。

土揚灰飛，結局隨之落幕。

該知道，你承擔不起。」

面向你大概在的方向張開雙手，我瘋狂向前跑，甩掉了行囊衣物，我奮力站在亂石淺灘，鋒利刺進我的雙腳，鮮血染紅了路，流下血痕。彷彿只有讓痛楚掩蓋心裡那個洞。跑到海岸邊，我猛叫，眼淚擦傷我的臉，我以失足落水的方式掉入水裡，直至窒息……前……

＊＊＊

「你好，請進。」手用力往前推，迎面襲來一股撲面冷空氣，如手拍打著臉。熟悉的笑臉，一陣若有似無的沉香，像鐵觀音，又似一現的曇花、類一見鍾情。

「小泛，你要的東西還沒到貨，說是還在運送的途中。」老闆娘緩步走向百子櫃，背對著我：「好石頭有何不能等待。」

她沒有抬頭，她的眼神在石英燈下透著空洞的美，彷彿裝得下世界那樣，包容我。

＊＊＊

九月，孩子也該上學了。現在是初秋的清晨，空氣彌漫著早餐店的烤蛋香腸的味道，我用手揮去額上的汗珠，喝了一口淡茶，準備回到公園跑道盡頭，早前租下的地下室套房。早上六點四十五。

在離家門不到十步處，蹲著一個熟悉的背影，他拿著鉛筆，像在地上畫著什麼，一陣運動後的缺氧，我有點站不穩，眼睛有點模糊。當我再次掙開雙眼，眼前的空地空無一人。眼淚就這樣止不住的掉了下來。

我……以為你走了

在我拼命想你但開始想不起你的臉……的這六年，我眞以爲你走了。

＊＊＊

妳總是默不作聲。

在我自認爲認識妳的不知道第幾個清晨，妳第二次開口對我說了話，準確來說是罵了我一句：「喂，先生，你擋路了。」

「我……」我仍來不及向你自我介紹，妳飛快地跑走了。

我，維杰，從大學畢業後出來工作五年，快要步進三十字頭，長得不算美男子，但自認爲沒有很醜。前幾年交過一個女友，野蠻的那種。前前後後跟她拉扯了好幾年，終沒有給她一個承諾。

由那天開始背負一個負心漢的標籤，我徹日徹夜埋首工作，漸漸變成習慣。習慣身旁再沒有一個人和我吵架，習慣再沒有人爲我嘮叨，沒有人愛。我變得極度的壓抑。之後稱職地演了三年絕緣體，我不對任何雌性乃至一隻女狗表現關心。不確定自己是否眞像口中所說的已習慣一個人，還是欺騙自己以對她的不幸福贖罪。漸漸，朋友都越走越遠，而我也只剩工作了。沒有了自己之後，我也只剩工作了。

今天晚上，我坐在空無一人的客廳餐桌前，怔怔的發呆了兩小時。背後的電視機發出低頻的聲響，在沒有亮燈的空間裡一閃一閃。桌上放著一封信，信封已被我撕破了。內容物是一張短短幾行的通告，大意是哥念的學院將會在應屆畢業生離去後進行清拆，呼籲曾在學校展覽過作品或寄放過東西的舊校生回來整理並收拾。信封的抬頭還是寫著哥的名字。

＊＊＊

昨晚喝了點酒，整夜睡得不錯。因長期依賴醉意入眠，我已開始自己浸泡果酒。我的名字叫泛，在一家金工學堂上班。學堂由五位成員組成，包括學堂第一人：「我們叫他老大」的老師，學堂由他來投資，這裡是我落魄之後還可以容身的地方之一。他總是一直在外遊歷，國內外到處流浪。每個旅行的結束，他都會回到學堂，把新的材料和技術帶回來和大家研究一番，也順道替我們上課。那種一直有人惦記著的牽連，把我們都鎖在一起，我們和老師，我和她們、和他們。

我們甚至曾愚昧地起誓，不會因爲現實和金錢打破我們的關係，如此老套如此浪漫。

＊＊＊

毅然離開了工作崗位，想於青春的尾聲去把迷失在工作的自己找回來，我選擇了打包生活中的各種亂七八糟的超載，前往尋找哥最後活著痕跡的路上。

八天。足以體驗一趟超級累的旅行，足以把一首喜歡的歌曲聽到爛掉，足以讓食物腐壞，八天很長。

八天。不足以讓痛苦過去，不足以學到一種自救的方法，比如放手，不足以彌補錯誤，八天很短。

很短又很長的八天足夠吸收一場命定，決定重新試試。

起程跑去台東，希望乾淨的空氣能稍微疏通一下陳腐的靈魂，以及尋找哥消失前的足跡。整整一個禮拜我都往返在民宿和飯店之間。直到澈底補足了長期的朝九晚十的工作後遺症。

第七天的清晨，突然從睡眠中醒來。拿著哥遺留下來的斑駁封面的記事本，把毛巾、水和一包餅乾放進背包，就這樣乘坐上花東鐵路，前往哥那遠離市區的學校。我心裡像有一顆沉重的石頭頂緊了喉頭，我透不過氣。我突然感到害怕。

就這樣昏昏沉沉的，列車在中午時分到達了學校鄰近的轉車站。車門悄然的滑開，稀落的腳步聲很快消失於耳邊。我拿起我的包，提著哥的本子，步出月台，走在擋陽板下。初秋讓本該綠著的樹葉泛著暗黃，微風把樹葉暗自捲起，旋轉又吹落。遠離市區的空氣隔外地清涼。

「有空來哥學校跑一趟，空氣很是清爽呀弟，特別是學校後山有很多……」哥的聲音平凡又眞實地在電話那邊……六年也消散不去。

沿著火車站口的指示牌，不花太多時間就到達「景秀學院」。中餐時段，學生從多個教室四面八方的湧出，熟悉的吵鬧聲喚起我那久遠的平白無聊的學生生活。

沒有新簇簇的大樓，沒有華麗的花園小噴泉，沒有如茵的幽幽草原，我確實想不到一個讓哥流連多年忘返的理由。他在這找到了什麼？我在學校蹓躂了一下，找了一張倚在廢棄水池邊的木椅坐下，水池乾涸得有些可憐，飄落的黃葉薄薄地覆蓋了一半水池底。我吃了點口糧餅休息了一會，首次翻開手中的筆記。涼風輕輕吹拂著，這段不忍發現的、零碎的，他和她的過去。

翻開記事本，前幾頁都是一些手稿和素描，學校的立面和一些貌似學校作業的木工設計圖，藍色墨水筆在稍微粗糙的紙上留下時粗時細的獨特筆觸，我用手指輕輕的撫摸那些線條，它依稀的溶化開彷彿待乾。筆記本的中段，畫著一大堆柏科、桑科原木的切面紋路圖，特性、軟硬、色澤等鉅細靡遺。接著再往後翻，筆記的尾段是一些文字，看上去像是隨筆或日記。

哥出事後，這是學校唯一寄回來的東西。家裡沒有人想過要翻閱，它默默地躺了很久。

今天把妳帶到我的祕密基地，妳興奮無比，妳說妳沒想到會有這麼一個祕密基地。妳問我為什麼把「這裡」告訴妳。鼓起勇氣屏著激動，我終於第一次向妳告白。妳笑著看著我點頭的那刻，彷彿後山溪流旁的滴水聲都在歌唱。從口袋中拿出那對糖心彩對石，分你我各一顆。

噢耶，約定了哦。

「……真夠肉麻，男子漢居然寫下這些東西……」我心裡想。

我看一看手錶，不知不覺已經到下午四點，收拾一下東西我準備離開。大概是筆記本的尾頁處吧，掉出一張早已泛黃的手繪地圖。站在「景秀學院」前，順著地圖的路線我繞著這所著名的學校外圍走了一百八十度。最後止於一大堆茂密的黃槿群中。樹的根部連綿地圍出一條通向黑暗的小徑，小徑僅容一人通過，輕閉眼睛，遠處的岸邊有海浪拍打岩石的刷刷聲。突然幾滴雨水順著樹上的黃花搖曳滴落我的臉上。

當我再次抬頭，我看見了一個女生的背影杵在那條小路中間，雨水漸漸淅瀝嘩啦的下大，她沒有躲，纖瘦的她突然攤開雙手，我拿著我的傘跑了過去，她顯得稍有驚慌的轉頭看著我。潤濕的雨水覆在她白皙無瑕的臉上，她用她的梨窩給了我一記淺笑，「謝謝」，那一刻萬物無聲，傍晚悄起的月色爲妳的臉打上了柔柔的光澤。

那女孩給我的心動感覺，正正緩解了這些天滿腦子都是哥的臉孔的我。

這一夜難以入睡，我該如何是好。

＊＊＊

人們都說，要忘記一段愛情，必須來段新的。迷上一個新的人，重新去投入一段關係，能療傷，能走出來。其實我不同意。當舊人的記憶猶在，勉強覆蓋別的一張臉上去，試問，你哪裡可以看清楚眼前的這個人。玉兒說，當你覺得很傷心很痛苦地放不下一個人的時候，其實沒有必要立刻就好起來，沒有人規定你幾天就要痊癒。這時候請嘗試放開心胸，讓痛出來，讓痛不受壓抑，狠狠一次地感受那種痛，完全地擁抱，終能釋懷。過程痛不欲生，但無人能讓你少面對一點。

晚飯剛過，我和她們，所謂的她們是同事兼好友，我們一同窩在老師流浪前留下的手造原木桌邊，吃著街口滷味，喝著啤酒。慢慢我開始犯困，我把我的臉貼在木桌上，木頭的香味沁到我的鼻孔裡，昏昏欲睡。

「最近好像有比較好了，對吧……」凡樺說。

「她都沒有再去那邊了吧……」玉兒回了一句。

「你們有誰一天二十四小時看著她了……」某人說了一句。

「她不去就不會想起嗎？妳不想想前一陣子每晚哭到天亮的日子……」某人又說

了一句。

「其實我有點想散了學堂……」

「我們也不是沒有想過，只是如果我們散了，她能自己一個人嗎？……」

她們的腳步聲越來越遠。

我困得沒法抬頭回應她們，又或者是，我根本沒有勇氣面對她們，告訴她們可以放心丟下我，我知道我的反覆求援讓她們裹足不前。

把整個身子賴在木椅上，昏黃的燈光聚成千百光暈，隱約聽到一聲巨響，我發現自己已躺在地上，手臂的劇痛讓人清醒了不少。那是多少個受傷的夜晚了。

＊＊＊

今天，遇到昨天碰到的那個多事鬼。昨天清晨，我衝著「石頭紀」開店前，在門前等待。

「石頭紀」是一家售賣大漠瑪瑙石的小店，屹立在海岸公園的最深處。我和這家的老闆娘有種特別的緣分，她在我人生低潮時及時出現，帶著那些天造的寶物來撫慰我。這家店店名就像已註銷的商品重新流回市面那麼似曾相識，讓人欲罷不能地依賴。

它的櫥窗設在陽光強照的東方，那寶貝般的石頭在陽光底下晶瑩透潤。它不天天營業，有時候甚至兩到三個星期才開一次。老闆娘總在確定開店的前一天晚上，把一枝紅旗掛到門前的郵箱。這讓我每天下班都固定繞去公園。它總在我低落時爲我營業，它總是爲我而開。

我五點四十五分就出門，天空已透著一道淺白的光，我有點晚了，所以連走帶跑的奔向一條跨越我家和那店之間的公園小徑。我差點撞倒一個蹲在小徑中央不知道在幹什麼的人，在我快撞飛他之前，我胡亂罵了他一句，就跑了。

我在店裡逗留到早上七點三十分，沒想到那個冒失的人竟站在門前。

「妳有沒有印象我們見過面……」他沒頭沒腦地問我。

「……」我兩眼發直「什……什麼？」

他拍了拍他的腦後，傻傻地笑了。這小子笑的……有點像他。

接下來整個星期的每個晚上，我們都相遇在海岸公園。你傻傻地跑在我的身後，陪我跑到了公園深處又跑了出來。

第一天，你陪我跑了一圈。初秋的落葉在樹底下旋轉飛舞。公園門口你笑著向我揮揮手跑走。

第二天，你陪我跑了一圈。你笑笑的看著我逗路人的小狗。你在門口笑著等我離開。

第三天，你也陪我跑了一圈。你陪我坐在公園的木椅，爲我倒了一小杯熱咖啡。皎潔月光底下，我清楚看到了你的臉。純純的笑容下是一張逗趣的臉。鼻子挺挺、小眼睛，你看到我笑了，也傻傻的跟著笑了。

第四天，你也陪我跑了一圈。你在距離我十步的地方，在前面爲我開路，偶而回過頭笑笑的。笑得像個小孩。

第五天，天色有點暗，你仍舊出現在那，陪我跑了那一圈。跑著跑著，逗點般的雨從天上點點落下，你突然在背後爲我撐起了傘。回頭的那一刻我想我知道什麼時候見過你了。那是在我遊離現實和過去，在那個敏感地域，貿然地闖進的那個人嗎？

「我們能否成爲朋友？」當晚在門口，你問我。

***

原來她的名字叫泛。一整個星期默默陪伴一個人是我過去沒法抽空做的事。在強壓的工作下，不說陪伴，連見面也成困難。在我去尋找哥哥的路上，一見鍾情成爲我留在那小區的一絲清新的悸動。

期間，我跑去過哥的宿舍，現在那邊是間空置房。宿舍大樓的二舍502號房。這樣的宿舍說實話人口密度有點高，不到三百呎的空間裡，擺著三張兩層床，沒人入住的房間沒有床墊，空蕩悲涼。陳舊的一邊，三人連坐書桌殘破不堪，密閉而小的窗口讓房子發出霉味，而光線不達讓房間黑暗潮濕令人生厭。想起哥搬來時還說過環境不錯，眞是……

現在哥的學校已有點沒落，當年流行過一時的木工專業已被包羅萬象的設計學院一併納入，這些獨立分枝已不見得如昔日如火如荼。我下樓到一樓的舍監處，只發現偶而幾人走過。和舍監交談了一會，有得到了一些訊息。

「原來你是戈雅的弟弟哦。」中年的舍監阿姨笑得很燦爛，彷彿思緒回到了過去，還向我提出要向哥問好，她大概不知道哥出了意外一事，而我當然也沒有說什麼。感謝她當年對哥的照料有加，帶著一個地址我離開了二舍。宿舍門口有一家早餐店，或許是過了中午時分而沒開，又或許已關門大吉，我彷彿能幻想當年很多學生在這流連躑躂的畫面。方才舍監的話又突然在心裡響起……

「戈雅他呀，我對他印象眞的滿深的。他和另外一個小孩總是趕著十二點的門禁回來，大一那年不知罰了他們多少遍，還威脅過要他退舍。不過大二開始，知道他們不是出去玩而晚歸，我還特意給了他一個免記名門卡。他的作品眞的不錯，之後兩年他幾乎很少回來而直接睡他的工作室。」她笑著從抽屜裡拿出一張照片，指著照片中的自己身後的建築物……

「這房子就在學校附近，你哥畢業時曾在那裡辦了個小型的個展，他做的東西確實不錯。」

哇，我不禁想，哥到底隱藏了多少事。想當初家裡是反對他選擇這一學系，最後是完全鬧翻。之後他連寒暑假都很少回家。而我也只有一兩次跟他相約過在台北相見，或期間一些節日什麼的，打通電話就算，此刻我竟有些內疚。

憑著舍監畫給我的路線圖，我找到學校後門的再過去一條街，一間掛著 1220 號綠門牌的房子，一扇已經不再光亮的不鏽鋼門的門柄上，用粗重的鐵鏈交叉纏繞著，在末端是兩個大鐵鎖封死。

***

昨夜又掛出了小紅旗，所以清晨我又站在「石頭紀」前。電門緩緩向上捲開。推開玻璃門，茶香撲鼻而來，老闆娘揚手叫我上前喝上一杯。

「泛呀，這次找到了一塊有像的，是糖心的，你看要不要回去雕刻看看。」老闆娘翻開那個暗紅色的有對稱紋路的大型藏飾盒子，橫豎共三十層隔裡滿是小石塊，在射燈下散發著油脂般的光芒。老闆娘拿起了一塊淡紫色瑪瑙，輕輕地雙手合十磨擦了幾秒，瞬間小石彷彿穿上了亮紡。

我拿起它，表面半透明淡紫色包漿葡萄乾刻紋，裡面一邃紫糖心，它確是一塊萬中無一的上品，但它還不是我們要找的。可，我也把它買下。我愛石頭，特別是這一種大漠瑰寶。它嬌小，時而溫婉時而乖張，時而低調時而鋒芒畢露，它尤其堅韌無與倫比。它生在大漠億萬年，陪著火山吶喊，伴著風沙跳舞。它活過千萬故事，看著人間強弱交替。默不作聲，看淡一切分離。拿著它們，總會有一股莫名的力量傳來。我近年有一個病，很容易對過去的事忘得精光，包括痛苦的以及在痛苦前後的快樂事，回憶變得很淡又零碎凌亂。

不知不覺我和那個男生走近了一點，像是磁鐵般的吸力，我幾乎完全確定那不是一種喜歡上的感覺，在他旁邊，我會突然放鬆起來，壓在我肩上的莫名惆悵感總是隨風消散。

「妳一直都住在這裡嗎？」他問。

「我嗎？嗯……是……是呀……」我的思緒慢慢地飄向模糊遠方的海岸線。

「我這次來……是因爲……哥……」漸漸我已經聽不到他的聲音了……

***

「將來我會為你一直住在這裡的。」你對著我笑著，輕輕地把我的頭靠上你的肩膀。

同樣的一張木椅子，同樣是眼前看不盡的模糊的海岸線。這個公園是學校所擁有的，每件木頭裝飾都是學生的優秀作品，而現在我們坐著的這張椅子是你做的。

「你看，這張椅子怎樣？」你把那塊黑布掀開，裡面的這張椅子像是驚喜般打著一個小的蝴蝶結，異常不搭。

「嗯嗯嗯……嗯嗯……嗯嗯嗯……」你哼著不知名的旋律，牽著我的手由手柄那頭順著撫摸木頭的表面，圓滑的手柄能感受到反覆的打磨拋光，接著到了接縫處，每個轉折都能緊密得讓人驚嘆。接著，手沿著椅背撫摸到椅枕。出奇的凹凸感讓我們的手都停了下來。

「是瑪瑙石。」我衝口而出。

「對，這是我們的椅子，在我們活著的時候它只屬於我們，有一天我們走了，就讓它來見證每一對男女的愛。」那一晚我眼中只看到你，把外面的世界忘了。

「你看，我把幾種不同種類的瑪瑙切割後組成了一個圓。」你的手帶著我的手順時針方向撫過每一顆石頭「總有一天我要踏上戈壁灘，尋找一塊百石共生的石頭，交到你的手裡。到時候我要娶你。」月光底下你親吻我滿是淚的眼睛，乘著雲朵我的思緒飄上半空。

＊＊＊

「泛……」我從回憶被拉回到現實，眼前的卻是你而不是他了，你為我輕輕擦去眼角的淚。看到你一瞬間憐惘起我的眼神，我想你誤會我哭是因為聽到你的經歷吧。我反射性地把你的手擋開。

「泛，你認識朋友在這學院唸書嗎？聽說它要拆掉了。」你說。

「嗯，好像是。」我也是不久前才勉強自己接受這消息。

「聽說在明天的畢業典禮後。」

「所以清拆後你就會離開嗎？」我出於好奇。

「這個我還不確定，我想這個結束後我也要開始重新找工作了。」

「所以就回台北？」

「我想，應該會是這樣。」你抬頭看著遠方的天空「明天的畢業典禮要一起去看看嗎？」

＊＊＊

「叮噹叮噹……叮噹叮噹……叮噹叮噹……叮噹叮噹」這是正午十二時的學校鐘聲，住宿的地方距離學校不遠。

我從我的行李中找出一件稍微正式的衣服——襯衫休閒褲，穿上我的白籃球鞋，拿著算是邀請函的公告單離開民宿，前往學校。

學校的大門前已擠滿熙攘的人群，學生們的笑臉、父母親驕傲的臉、一件件純黑無皺的長袍、色彩鮮明的懷中花、藍天、白雲。青春界限的兩邊，一邊是無法割捨孩子氣的恣意妄爲，另一邊卻是從零開始的起跑線，回顧手中拿著什麼東西呢，是一背囊的自傲自以爲最了不起，或是一身空、空無一物呢。

一些免不了的老套致詞，典禮緩緩邁入開場，接著是一位號稱「景秀木工第一人」的男生上台致詞。那男子感覺不像是應屆畢業生，年紀應該和我相若，他手中拿著一個像是笛子的東西，這時全場發出極度震耳欲聾的掌聲跟歡呼聲，讓人傻眼。他用棒子輕輕的劃過那笛子上面的大大小小的洞，它出奇地發出清脆得像水晶碰水晶的樂聲，接著他開始了講詞：

「我們都是爲木頭而生的人。從它，我們學會了觀看時間的流逝，我們學會了尋找、發現、品嘗、保護、到摧毀再再生，這一切都是人生。尋找我，迎痛擊；發現夢，放其飛；品嘗無奈，修練淡然；保護精神完好，不墜俗流；摧毀界限，放飛心靈；暮年再生。那是木頭帶給人類的瑰麗，也是木頭穿越時代包裹在樹心的教訓。尋它持它，掌它馭它，如人生。致應屆畢業生，找到屬於你最獨一無二的木，勿忘初衷。我史士俊在此代表景秀學院感激大家參與過此校的全盛時代。」致詞由他手上的樂器鳴聲而結束，此時四周本屏息傾聽的氛圍開始揚起此起彼落的掌聲，更有些觀眾輕擦眼淚。

接著應屆畢業生按班級順序上台接過那些用空白紙捲成的證書拍大合照後，一一離開了禮堂。此時禮堂響起了廣播，重新交代校園清拆前開放打包行李的時間。

禮堂出口處置了一張招待桌，桌上放著印有舊生名字的清單，那表示學生曾經存放過東西在校。從名單上看，哥確實有些仍未清理的物件留在校內，開放時段是清拆前的一個禮拜，從明天開始。「時段內正午前開放，A棟地下室工場」。我簡單向招待員留下身分資料後，一中年女士向我投以一個陌生而憐憫的微笑，接著，她領我到了校長室。

「請進。」中年女士客氣的語氣讓我不自在。「校長，戈雅的弟弟來了。」

一位白髮的老先生緩緩轉頭過來，中年女士從旁攙扶拄著拐杖的老先生。

「沒想到閉校前還能見上你一面。」老先生說。

「我嗎？你們怎會知道我會來？」

「那封邀請函是我們寄給你的。」老先生與中年女士對視後慢慢放鬆了剛才侷促的笑臉。

這幾分鐘時間過得異常的緩慢。

「聽到你哥出事的消息，至今我們仍無法釋懷。」女士說道：「他出發前往戈壁沙漠之前，曾反覆跟校長爭論過很多次。」

「其實……我們家裡強烈反對他唸這行工藝，所以在他離家來到台東的時候，我父母已經完全放棄哥了。而我自從離家前往台北工作之後，甚少跟哥連繫。最後接到他的電話還是他從機場用公共電話打來的。」如今他當天的聲音彷彿比回憶裡的清晰很多。

「那天我只在電話裡罵了他幾句髒話，罵他完全丟下家裡不管，就只會去什麼屁旅行。說實話，我也不知道他說要去那邊流浪研究什麼，記得父母聽到這個消息，一氣之下就命令我不要再跟他連絡。」回憶當天的吵吵鬧鬧，煩悶的感覺油然而生。我其實非常厭惡家裡爲哥開戰。從小他就不是那種話很多的孩子，中小學時期書都一直唸得不錯，身爲中學老師的父母對他期望不少。一直從不反抗的他到了快要畢業的前半年，強硬的表達要去唸木工，從那之後的半年，家裡不是天天冷戰就是天天開戰，直接間接地影響全家人的感情。之後我也多次成爲禍及的池魚。其實我對父母的傳統思想也覺得納悶，但對哥不解釋的出走方式也不予置評。父母最後從警方那頭被告知大兒子已經死在異鄉，那時候我也向大學請了假，返回老家待了兩個禮拜。家裡像是囚室一樣，囚禁著無言又極度傷心的父母，兩個禮拜後我打包行李回台北之前，看到的是他倆憔悴蒼老了許多的臉，以及空等或說是幻想會從哪裡收到哥寄來的最後的家書。

人們，都用迫死對方的謾罵來換取對方的讓步，就是不肯放下自尊，暴露殘酷下的深愛。

「或者我們應該對你們作一次正式的道歉。」老校長眼泛淚光的低下頭「說到底我們到最後都沒有再阻止他。」

「那……你們知道他去那個叫大漠的地方幹什麼嗎？」我看氣氛不太對，立刻轉個話題。

「這，要說到他在學院就讀時期的專業。你哥在這學校很有名氣，確實是個天才型的木匠。雖然外界以他一直發表的木頭雕品冠稱他爲神木童，但其實戈雅的必殺技是石木鑲嵌技巧，他對於計算寶石奇石的切割角度有著極敏銳的觸角，能匯整不同材質的石料和原木做出無瑕平面。但他幾乎不曾公開他的那些作品。」女士邊回憶邊說道。

「記得我們第一次看到那些作品的那天，是得知你哥出事後的幾個月。當意外的消息登上報紙後，校內都鬧得沸沸揚揚，包括地方記者、警察都有前來簡單的調查了一下，後來就因沒什麼發現而斷定純屬意外。」老校長緊緊的握著他的拐杖，他接著說：「之後的半年，我們都沒看到他的家長或友人前來過，最後我們擅自到他宿舍房間，把裡面爲數不多的行李大致打包好。當時還有幾個他同期的同學自願幫忙把行李遷到他的自租工作室。行李裡找到了那工作室的鑰匙，還記得當天我們好不容易打開了那個一樓工作室的門，第一道陽光照射進去，是從門口兩側延伸到房間盡頭的兩塊打磨得滑不溜手的原木陳列板，上面陳列著幾乎大小相近的一系列瑪瑙石。太陽養潤著從顏色區分順序的石頭。而我們順著陳列板形成的動線進入到盡頭，最讓我們驚嘆的卻是你哥在靠牆的那邊打造了一塊高至屋頂的大木板，上頭盡顯由數之不盡的五彩俏色瑪瑙鑲嵌的精緻技術，所有瑪瑙在戈雅的手工下完美無瑕的渾然成一體，彷彿形成了絢麗的春百花圖……」老校長對自己越說越是起勁有點不好意思。

「校長念念不忘他的才氣，他確實是位神木童。」女士總結了一句。

「我有到過哥工作室的門口，可沒有鑰匙進去。」我問「現在知道鑰匙在哪嗎？」

「我們進工作室的那天，記得同行的同學之中有一個女生，聽說是她當時的女朋友，同學們一致同意把鑰匙交給了她，不過那之後我們也沒在學校見過那女生了。」

「知道那女生的名字或連絡方式嗎？」

「這可真不知道，不過聽說不是同屆的學生，會否是低幾屆的？」女士一副想去翻找什麼東西似的。

「不知道有沒有方法找得到她呢？」

「倒是有一個辦法可以試試。」女士從沙發站起來轉身走到書櫃，翻出應該是哥哥畢業那年的紀念冊。她把書翻到其中一頁，放在沙發前的木矮桌，她指著其中一個學生「這個叫藍皓的學生，他是你哥的死黨，當時連暑假都寄住在校的二人每天都玩在一起。不過畢業之後，這男生就回老家去了，這裡附上的連繫方法不知道還能不能找到他。」

我把連絡方式抄寫了下來。

天色已暗，校長和中年女士把我送到學校門口，校長伸出那雙溫暖的大手跟我緊握「謝謝你能在學院關閉之前到訪一趟，因爲你，我想起你的哥哥，我慶幸我的職業生涯出現過這麼一個神木童。」他把手輕輕的放在我的肩上「有那麼一天，有一個合適的機會，請跟你的父母說，在老師眼中他就像一塊神木般讓我們愛不釋手，他最終的選擇沒有爲他帶來一個完美的未來，但他對夢的追求足以不讓你的父母蒙羞。小伙子，好好努力將你哥的堅毅帶回去繼續你的人生。」

帶著心底如重石壓著的心情，我步行到海岸。

出來工作之後，我多久沒有感受過夢想這個東西了。畢業之前的雄心壯志早被現實處死。那感覺就像第一天你西裝革履的上班，後來你發現公司已爲你準備了勞動工人的制服，起初你天眞的堅持著把自以爲最理想的那款拿出來應付，撐過一年半載，偶然你往鏡子一看，你身上的那套西裝原來都已變成勞工制服了，無瑕的夢想早在一成不變的生活壓力中髒掉。

可悲的我，居然是到了今天這個無可挽回的狀態才想回去了解他。心底的無力感和虧欠感令我想起了能讓我頓時安定的泛。

泛沒有來。當我不自覺地步行到花園的木椅旁，她也不在。

她總是像不曾存在般隨風存在和散掉。

昨天我們談到之後我會離開，這一刻我覺得自己有點搞笑，與其說搞笑，不如說自己無厘頭。這刻我在對一個旅遊中巧遇的女生鍾情，沒有一起經歷的過去，也沒有會一起去經歷的未來，我問自己，那張讓我那麼想靠近的臉蛋，是因爲她出現在一個陌生新鮮的地方帶來的刺激嗎，還是因爲她總是有一句沒一句的答理我讓我放肆發洩心中陳年的獨白，抑或，只因她是我在尋找哥哥的路上認識的第一個人？她的存在帶著些漫無目的的慵懶和空洞，我想那正是我心裡迫切渴求的投射。

我不自覺又跑到了公園，裡面空無一人，只剩殘破落葉在離地不到十公分的距離瘋掉似的亂飛。

她始終沒有來。

＊＊＊

我拼命地往前奔跑。我面向你大概會停在的方向，傷心地張開雙手，我瘋狂向前跑，甩掉了所有行囊和衣物，我起勁地用盡全身的力氣踮起腳尖在布滿雜沙亂石的淺灘，鋒利的什麼刺進我的雙腳，鮮血染紅了走過的路，流下血紅的痕跡。彷彿只有這樣才能讓身體上的痛楚掩蓋我心裡的那個正無限擴大的黑洞。跑到海岸邊，我開始狼嚎般的慘叫，眼淚在抬頭的那刻輕輕地擦傷我的臉，我以失足落水的方式掉入水裡，直至窒息前。我任由海水在底下托著我受傷的靈魂，隨浪翻滾。

不知道過了多久，我昏沉的擱淺在淺灘上，一如既往。在意識恢復之際，昨天的驚愕撲倒向我。

久未踏進的學校大門，自從你離開我的那天起，我死命不靠近一步。這個曾屬於你的追夢園，我有幸曾經走過一遍。我不曾屬於這裡。你就這樣留我自己一人守著我們的回憶嗎？我躲在禮堂的消防緊急出口處，聽著「第一人」致詞，我邊微笑著邊開始淚流滿面。你曾提起過的，在地下工場熬夜的嘻笑打罵清楚地浮現、一週至少兩天的熬夜，等天亮的虛弱身軀、暗泛慘白日光的早晨總有蛋餅撫慰……自從你離開以後，那些「他們」從不曾主動連繫，大家都很害怕，怕萬一不慎戳破了那個痛處，所有主角都將無法在自製的保護膜中苟且地活著。他手上拿著的那個木器，依舊發出準確的音色猶如當初吧。

那段過去總在我們的掩飾和裝忘下，逐漸幻化成如上輩子般那麼遙遠的泡影，碎滿一地的感慨。躲在角落直到禮堂的喧鬧都漸漸散掉，臉上的淚痕乾掉了兩頰的皮膚，我重新步入禮堂。被參觀者擠得亂七八糟的椅子沒法整齊地列成一直線。零星的客人聚到門口的招待處，我刻意避過維杰的眼神，沒有跟他相認。

看到他跟某位老師往操場那邊走去，我也準備離開。不自覺向招待桌上的文件一瞥，一股無力和壓止不住的背叛感直沖上腦袋，它回壓我的喉嚨。我拼命的奔跑試圖越過所有人群衝出校門，門前馬路奔馳中的自行車發出一聲撕裂的剎車聲，我跑到對面馬路，依附著花圃的木柵欄吐了。在自家對面的便利店買了一打啤酒，眼淚如天降冰雹般，冰冷打痛了那道屏風，空腹灌了那些酒，極度的亢奮和胃酸逆流折磨我到天亮，頭痛欲裂中我昏厥了過去。

＊＊＊

經過了畢業典禮那天，我打了一通電話回家。簡單的把近況交代了一下，最重要的是把校長那些話說了一遍，電話那方沒有發聲也沒大罵，深深的沉默過後只聽到老父親若有似無的抽泣聲，我的心也在那刻被抓成一團，好悶，我也想你了，哥。

那之後，那把遺失的鑰匙不時出現在我的腦海。一件沒有完成的事一樣。就像眼前的門後那一個快要揭開的祕密就只差一步，那樣地糾纏。哥爲什麼在校期間都不曾回家？是什麼把他留在這個步伐緩慢的地方？那房子裡面藏著的到底是所有問題的解答，還是只是已經沉睡的遺憾？那位最後出現在哥的外租房的女子到底知道什麼？她是誰？所有所有的問題一個接著一個的冒出，看似疏離的問題卻環環相扣。有一種直覺，哥的遺言就在那些東西裡，我知道我要去找它。

據畢業典禮當天接到的通知，這座學院的一個地下工場有哥寄放著的東西，那邊的一個約一米乘一點五米寬的木櫃上有一個又是謎一樣的密碼鎖，我拿著哥的筆記本，把所有裡面可以構成四個數字的都按過一遍，什麼認識的人的生日等等，那該死的鎖固執地守著哥的過去。距離大樓清拆活動大概有一週，我向學校打聽過，假若這一列三十個的巨型無接縫木組櫃最後沒能打開，它將成爲清拆之後重建的國家海濱公園的地標基石的底台，封印於此地。

我嘗試連絡那位哥的朋友。電話那頭：

「喂。」是一位老人的聲音，女的。

「喂，你好，我想找藍皓。」我跟著紙上的名字唸。

「誰找呢？」對方不慌不忙的回答。

「我是他大學同學的弟弟，叫維杰。」

接著清楚聽到電話擱下的聲音，接著一位年輕女士接過了話筒，

「喂。」

我重複了一次之前的自我介紹。

「噢，是皓仔的同學的弟哦，抱歉我弟已經把號碼換掉了，他把這舊號給了外婆用了。」

「那現在有方法連絡到他嗎？」我問。

「那個，我不確定我弟可以讓我透露他的號碼，不然我先問過他，再回你電話好嗎？」他的姊姊問道。

「那麻煩姊姊儘快幫我連絡他。其實這次我找他是想要打聽一些哥的事，因爲他們唸的木工學院這禮拜過後就要拆卸了，我急著找到他打聽些事，有勞了。」

「好的，沒問題。」

「再見。」

再接到他電話時已經是晚上九點多，這通電話直接是由哥的友人來電。

「喂！」年輕男子的聲音明顯有稍稍壓抑住興奮。

「你好。」

「你好，我是藍皓，聽我姊說你找過我是嗎？你是戈雅的弟？」對方有點急速的說。

「啊……對，我是戈雅的弟，我叫維杰。」我有點不好意思的回答。

「沒想到還能這樣跟你連繫到，你現在就在學校附近住對吧，我就在距離學校約一個半小時車程外的地方開了一家木傢俱店。」

「要不我明天就去找你，你覺得怎麼樣，方便嗎？」

「能這樣當然最好，因爲自己的店我無法交代其他人顧。可能的話，明天我們約吃個飯怎樣？」

「好的。」

「如果要到我這邊，你從學校門外的車站就有直達車到我們這個小區。就直接坐到終點站就好，到時候我可以出來車站接你。」

「明白了，那我先存上你的手機號。」

「沒問題，那明天見。」

「明天見。」

按照網絡查詢的時刻表，我在隔天早上九點五十分到達車站，買了些麵包和水上車，公車準時開出。車窗外陽光普照，照得沿路兩旁的大樹下透射出動人的黃色光的碎片，一切一切映入我眼裡，都預視著今天將會揭開一切祕密。那些事和每個人物的相關，及那事與每個時段的連繫。接下來我在微弱的空調下緩緩地睡著。當我醒來時，公車已在準備靠往末站的停車站，我致電通知了哥的友人。就在下車不到二十分鐘的時間，一身古銅皮膚散發極度陽光氣息的男子到達車站，他堅實的身形和回憶中的哥那種乾淨書生型的男子形成強烈的對比。

男子像一眼就看出我來，他趕緊朝我的方向不停地揮手：

「你就是戈雅的弟弟嗎，你好你好。」男子笑容很爽朗。

「你好，我叫維杰。」

「先上車吧，到我的店坐坐，邊喝咖啡邊聊。」藍皓哥領我到他的小白麵包車，車門推開那刻，衝出一股類似松節油的氣味，他把後座的畫具推開擠出一個空位。

「不好意思有點亂，坐十分鐘就到的。」

「沒關係，客氣了。」

車子前進的期間我們都閒聊著一些有的沒的東西，不知道是刻意或不經意的都沒有提到哥的事，那種感覺讓我有點侷促緊張，我悄悄的向窗外嘆了一口氣。

車子靠在一家獨立小木屋的外面，小木屋在正午的陽光下反射著溫暖的氛圍。藍皓哥帶我走進包圍小屋的木橋走道，沿著走道走了大半圈，到達了小木屋的正門口，頭頂上方的位置掛著一塊正面稍微朝上的門牌，我剛好看不到店名。

進到呈方形的木具店，先是兩旁的一排連成一整塊的開窗直到店的一半，開窗位置全造成開口的設計，並沒有實際裝上窗子，在自然光的自然透進下，一張張純樸細緻的木製傢俱像藝術品般展示著，不同大小和類別的木材結合下異常地和諧。濃濃的咖啡味道應該是來自店中間的收銀台服務木桌上那台濃縮咖啡機旁的電動磨豆機，整個空間充滿著可可的香味。一位女子從店裡走出來，藍皓哥向她點了點頭。

「回來啦。」束著簡單馬尾的女子向他笑了笑便轉向我「你好，歡迎。」

「維杰，進來吧。」藍皓哥走進店裡，我隨著他走了進去。

裡面沒有開窗的空間和外面自然的區分開成了一個像是畫廊的空間。一幅幅油畫在不掩蓋對方的距離下爭豔著。來不及細看那些畫，我們穿過盡頭的木珠簾進到另一個半室外的空間，明顯看出這店的主人把這個地方設計成極度私密的空間，空間盡頭是一塊若六米寬的落地大玻璃，坐在正中的大圓桌旁正好看到店後室外花園四季變化。通透的空間讓空氣自由遊走。

我和藍皓哥都坐在木椅上面向後院。我們沉默了一會，是否錯覺，我看到他一下落寞。此時女子端著咖啡和曲奇走進來。

「維杰，吃些餅乾，晚點你們再出去吃個飯吧。」女子溫柔地拍了拍藍皓哥的手臂。

「我先出去看店，你們慢慢聊。」藍皓哥輕輕的握了女子的手。

「我跟你哥可是從大學一年級開學第一天就認識，他是我最好的兄弟。那年……」他的表情流露出非常懷念舊有的生活「我從美術高中畢業那年，家裡的小吃店的生意在台北因為店面租地的問題被逼倒閉，父母在失意之下，決定一家離開台北搬到台東生活。那時候把台北那邊祖父母留下來的房子賣掉，來到台東民宿街區開了一家民宿，延續小吃店的名號。那時候我們就住在民宿的頂層和姊姊和父母各占一個房間。我是自小學畫畫的，主修油畫，進入『景秀』是因為地利之便，而背後最重要的原因是木工學校比純美術學校更能說服老爸，那時候在姊的一唱一和下成功瞞過父母，以為我決定放棄以畫畫為生。那一年這所學校有一位台灣著名的油畫家在這裡隱姓埋名，作為助教隱居，所以最終我就和你哥成為學校第十五屆入學的學生。」

「他如傳說中般那麼優秀嗎？」我有點難為情的問。

「哈，那位神木童在大一、二的時候還眞是和普通人沒有分別的。」藍皓哥喝了一口沒加糖的咖啡。我也跟著喝了一口。

「你哥對木頭那種情有獨鍾也把我感染，慢慢我也愛上了它。他有一種非常強韌的堅持力，大一的時候就嘗試過爲了一種他心中理想的造法，他不惜用同一種原木把椅子一個卡接位反覆試驗至少一百多種方式，他偏執到一個程度。而我當時也在學校裡找到了那位隱名的油畫老師，我悄悄的在課後留校接受老師的私人指導，就在大一的下半學期，我直接搬到學校的宿舍，我們也成爲室友。」

「嗯，前幾天我參觀學校時見過你們的宿舍舍監，她對你們的印象滿深刻的。」

「呵呵，那時候我們也很討厭舍監，每天要忙作業已經連飯也懶得吃，還要每天趕門禁，煩都煩死。哈，回想起眞是對她也滿不禮貌的。有時候爲了不犯規，我們都在門禁前先回去洗好澡，把作業都背在身上，趕十二點前離開宿舍直接去工作室或教室忙到天亮。」

「有什麼課需要到每天晚上都熬通宵呢？」不唸設計的我有點難以置信。

「其實我們也不是每天的課都須要做那麼多作業的。我們學校像一般的設計學院一樣。所有的課題中心其實都圍繞著設計，什麼設計專題、表現法、攝影等等，其實所有課都圍繞著其中一科最重要的創作基礎來轉。一星期兩課的創基對我們來說就是地獄一樣的存在。那堂課是沒有下課時間的，從每個二五的午後，一直上到完。什麼叫完，就是小組中的所有同學逐一發表前兩天完成的所有作品或想法表述，老師都以簡單的評圖作爲結束，原則上就是把你做的作品批評到體無完膚再安排更多的實驗給你。我們活在那個循環的地獄裡，情緒長期驟起驟落，一方面我們本能的抵抗那種無法跨越的挫敗感；一方面我們在不斷的自我懷疑，包括懷疑自我的能力，也包括深刻地懷疑是否存在那些問題的正確答案；而另一方面，我們可怕地滋長著自己的優越感，走出學校的那天，我們手提著的自傲絕不少於其他任何一樣東西。回想起那東西，出來工作之後我們才知道那多可怕……」

藍皓哥靜靜地看向玻璃外的後院，沒有再發一語，表情跟他陽光的外表非常違和。此時女子走了進來，藍皓哥揚手叫她也坐下，她微笑著揮了揮手，放下鐵盤上的新的咖啡便走了出去。

「她是我的未婚妻鈴。」

「哦，我也不好意思沒怎麼跟她打招呼。」

「沒事，她知道今天的面談很重要。」他眼神飄過一絲類似內疚的東西。

「她是你哥和我正式斷裂交情之際認識的。多虧了她，我沒有去胡鬧，幸好在本來已經無法挽救的局面上沒有加上我的無理取鬧。」他的手掌在木桌上磨擦著。

「斷交嗎？為什麼？」

「……」

「我是否問得直接了？」

「這麼說吧，大二那年的暑假，我回了一趟家裡，回來的時候你哥就有點不一樣了。」

「哪邊不一樣？」

「很多，性格情緒、能力上。」藍皓哥回答得不用思考。

「我聽不太懂，你是說他性情大變嗎？」

「對，說他性情大變也不足以形容。我很記得當年的暑假我大概在開學前一星期回到學校，當我拖著行李回到宿舍時，宿舍空無一人。接著我打了幾通電話給他都沒有打通，我等到深夜，想一想覺得不妥，打算去工場找找看，踏出門口之際我看到舍監，她說了些非常奇怪的話。」

「什麼話？」我接著問。

「她對我笑著說，問我跟你哥暑假都去哪裡玩了，我就回她我回老家了。但她說她整個暑假都沒有見過戈雅。」

「什麼？」

「因為那時候我滿確定他說暑假要留校的，所以我就在想他可能去了一趟旅行什麼的，但最後我發現，或許他根本沒有離開過學校。」

「但又沒有回過宿舍，那他是去哪了？」

「最後我在工場找到了他。他是直接在仍散著餘溫的機器旁的桌子上昏睡，我看了看周圍，那小小的木工區有一半以上的地面空間都擺放著他的試驗作品。無數種木材與木頭的卡接技巧讓我目瞪口呆、也有多不勝數的新品種原木的雕刻，另外還有一盒很是晶瑩的石頭在他的腳邊堆成一堆。」他接著說：「就在我蹲下伸出手想觸摸那些石塊的時候，戈雅他突然像夢遊般醒來，他默不作聲的把我的手擋開，接著就昏倒在地上，把地上的木頭製品壓得亂七八糟。」藍皓哥說到這裡不禁有點不爽快。

「和幾個同學把他背回宿舍後，他就直接昏睡了整整兩天。本來看著他手臂上因爲跌倒而弄傷的傷口想把他送醫院的，不過我們最後一致認爲他更需要的是睡上一覺。」

「眞是麻煩大家了。那醒來後他沒事吧？」

「人是沒事沒錯，但我不再確定他還是暑假前的他了。」

「怎麼說呢？」

「他一醒來的時候什麼都沒問就罵了我一頓，說什麼我幹麼擅自把他帶回宿舍，還質問我有什麼資格去打亂他的計劃，他邊背上背包邊自言自語說『東西被偷了你怎麼負責。』接著就衝了出去，我百分百肯定他又跑回工場去。」藍皓哥說的很激動，站起來要抽根煙。鈴及時走了進來，放下手上的畫筆走到背著我的藍皓哥身邊，輕輕跟他說了些什麼，好一陣子藍皓哥的情緒才稍微穩定下來。

「要不要出去走走，吃點東西什麼的。」鈴回頭向我點點頭，示意我同意。

「好的，我也有點餓了。」我立即回道。

藍皓哥轉頭過來的那一刻，我看到他黝黑的臉有流過淚的痕跡。這讓我心裡很不好受。

準備步出小店的時候已經是黃昏了，橘色的光線穿透店內的傢俱，在木頭上塗上一抹血紅，屋子裡浸滲著一種過度的焦躁。店外的小橋在日落的眷戀下依依不捨地把影子依附著木牆，烈日的餘韻散發香味。坐上店外的小白麵包車，車內像烤箱一樣，悶著大家的尷尬，拉下後座車窗，微風漸漸從鼻腔沁入心肺，我突然感到異常的放鬆。

車子開在漸漸變暗及後至全黑的鄉間路，沿路的路燈也逐漸點亮了小路。我們停在一家素食餐廳面前。

「這邊的香椿炒飯很不錯的。」鈴笑著走在我倆的前方。

幽幽的水仙花香隱隱約約的傳來，在放鬆的氣氛下食完了晚餐，也喝了老闆娘贈送的冰糖綠豆沙。店內的客人都相繼結帳離開，最後只剩我們。鈴走進了店家的煮房，我倆再次談回關於哥的過去。

「那之後，我們在開學之前都沒有正式談過，你哥不知道是有意避開我在宿舍的時間，還是他根本就日夜顛倒。他總在我睡著之後或起床之前出現，幽靈般存在著。直到開學第一天我再次見到他，一臉憔悴的他臉部呈現灰黑，我極度擔心也非常疑惑，當時我傻傻的覺得，只剩我可以救活他。可我並沒想到，在他心中，我是多麼的無知。」

我沒有回話，只是繼續默默地聽著。

他其實沒有要我回話，他只是和內在的那個放不下當年回憶的自我在自言自語。此時，我從和藍皓哥的對話、他與鈴姐之間的一舉一動，我察覺到，當年哥意外似的行爲迷失，除了殘害了他自己，應該是深深地傷害了藍皓，而那個傷口卻因我的出現而狠狠地被掀開，而只有最後這個渠道，或許能讓他眞正放下。

我對於眼前這個哥哥，感到有點抱歉。

＊＊＊

我站在戈雅的工作桌前已經有三十五分鐘，他埋首工作完全對我視若無睹。環顧四周，我仔細觀察除他本身之外的所有客觀條件，我的確看到一些異樣。以往他常在水泥牆上貼的描圖紙都不再是原木的設計圖，而變成很多形狀不明的塊體的素描，它們貼滿了房間裡的一整面牆。那些素描的對象物應該不是想像出來的物體，有些呈現出像水草般的東西藏在透明的晶體內、有些則呈現像筋脈一樣突出的線條的塊體、也有些像有很多眼睛長在石頭上那樣，和一些像是密集排列的飽滿顆粒組成的固體。每一張草圖都畫得和成品圖一樣，細部也刻畫得異常細緻。

他變了。這短短的一個多月時間，他的世界突然和外界斷開了。但無可否認，他設計和手工藝方面的才氣確實是從黑暗的摸索中撥雲而出。他在疲憊之中透射出的精準而堅定的眼神，讓我開始有些自慚形穢。

「你不可以暫時停下手上的東西聽我講幾句嗎？」我抽起他桌上正在描繪的設計圖。

「你在幹麼。」他死灰色的臉慢慢地轉過來，用異常堅定的眼神看著我。

「你到底發生了什麼事，看你變成了什麼樣子。」我激動的說。

「什麼事？在你眼中我現在是怎麼了？瘋了？沒救了？」

「我到底該怎樣幫你找回以前的生活？」

「以前的生活？我爲什麼要回去？還要我回去以前的設計無感的困惑之中嗎？」

「……」

「你一直激動的覺得我瘋了，到底你有沒有一刻靜下來看一下我的作品？我沒有時間了，沒有時間停下來一一向你解釋，靈感就像滿天飛濺的流星，我在那個世界不斷的網羅，我眞怕一個不留神就飛走了。」

「……」我啞口無言。

「我以爲你是永遠支持我的。我多想告訴你我衝破了多少個操作關卡，發現了多麼棒的大自然資源。而你卻像看神經病一樣看我。」

「我沒有把你看成病人。只是……是有必要一直這樣埋頭苦幹不顧一切……」

「難道你就這樣滿意你現在的生活模式嗎？你要追求的藝術就是現在這樣不痛

不癢的程度嗎？」

「你是說我沒有這方面的才能嗎？」我反問他。

「你承認吧，你現在在木工那聽到的掌聲是你心裡的成功嗎？油畫呢？你甘心就只把油畫放在你木工作品的海報上嗎？兩邊燒著你的熱情，你什麼都得不到。」

「你懂什麼！」我一手把他從椅子上抓起，朝他的臉揮了一拳。

「退回去那個安全區吧，這裡不屬於你。」

我朝他的臉狠狠地再揍一拳。

這時他也被惹毛，跟我在工場大打了一場。

滿身酸痛的我從地上爬起來，一口氣跑到海岸邊。極度的生氣和痛楚讓我忍不住亂踢海邊的石塊，經過一番體力消耗，我筋疲力盡地躺在淺灘上，海水拍打著我的臉。我陷入深沉的思考。

到底看到他的變化，我生氣的是什麼？純粹是因爲他不再跟我日常同行吃喝玩樂嗎？是他那不顧一切的投入讓我擔心他的生活嗎？還是事實上，是他從我倆一樣的平庸中稍突出優勢，讓停滯不前的我對於無法改變而恐懼起來？我反覆思考後終發現，從一開始他就是贏我，贏在他對本科的熱情，贏在木工是他的不二選擇。而對我來說，它只區區是一個可以發揮審美的地方，外界看到我的優秀是因爲東西美麗的外觀。巧妙的用美去掩蓋很多實際操作上無法突破的障礙一直是我過關斬將的必殺技倆，所以我一向的作品都僅深受部分同學的喜愛，始終無法成爲老師心目中重點栽培的那種子。就像那些拿著廢物一堆出來評圖的設計科學生，他們用神話一般的文稿去包裝那些零價值物，說得天花亂墜，說得聽眾來不及反應就巧妙的閃躲了。我跟他們一樣，其實我很害怕，怕被認出是庸人。穿著設計師的虛榮，那面子擱不下，所以我們無限驕傲。這讓我後悔自己隨波逐流，那天，我對自己發誓，我要退回到繪畫的世界，在木工界止步。

接下來的很長一段日子，他搬離了宿舍，直接在外面租了一個工作室，只有少數的一些日子，爲了第二天早起的學校的課，他才短暫的在宿舍住上幾天。見面時我們不再吵架也不再對談，我們都躲在那個面具下面，不願意戳破那具尊嚴。

＊＊＊

吃完晚餐後我和藍皓哥和鈴姐在店外附近的樹蔭下散步。

「他在技巧上的進步漸漸讓他在學校小有名氣，而我們也分道揚鑣。一場和你哥的爭執之下我決定放棄不適合我的木工，我重新執起畫筆。」藍皓哥很久之後才說出這幾句。

「不再和哥一起唸木工了？」

「怎麼說呢，本科的木工還是要唸，畢竟這就是一所木工學校，只是除了所涉及木工的那幾個課外，我都只鑽研畫畫，不再去無謂的靠近木頭。」

「嗯。」

「不過自此之後，因爲都在油畫上的技巧比本科明顯強很多，讓不少人漸漸發現我在木設計上用繪畫來模糊焦點，大家開始對我很不滿，也開始翻出我以往好評的作品進行批判。在學校的討論區鬧得沸沸揚揚，我就由一個被認爲有卓越審美的木工變成一個藝術騙子。本來我也不管大家怎麼看，但學校對這些負面的討論也漸加關注，讓我不得不起來爲自己說話。這時候，你哥爲我站了出來。」

「果然你們是兄弟。」

「他在學校討論區以一文抨擊眾多盲目隨流參與討論的學生。接著以他對我的了解，直接把我區分到美學類的木工，用他的觀念化解大家眼中認爲我的虛僞。我就在一夜之間，由騙子變成了藝術人。那天開始，我們成爲彼此在輿論中的代言人，卻遺憾沒有再當面化解那場爭吵。」

「之後都沒有嗎？」

「接著，我們就發現一個出現在你哥身邊的女生。而她，大概就是讓你哥眞正改變的那個人。」

「一個女生。會不會就是之前校長提到過一個在哥死後出現在外租屋的那個女生？」那位可能知道哥的一切，及哥離開前可能曾經交代過什麼事情的人。

「當天？」藍皓哥回想著「對了，大家說的應該是同一個人。」

「其實哥在校外租的那個屋子我們都進不去，因爲沒了鑰匙。猜想鑰匙還在那女生手上。」

「對。當天我也有跟著大家進去看過你哥留下來的屋子，鑰匙我們一致給了那女生。」藍皓哥回說。

「現在那女生呢？」

「那之後我們都沒見過面了，其實本來也不認識。」藍皓哥搖搖頭。

「所以接下來的二年大三、大四，你們都沒有冰釋嗎？」

「只能說，那時候年輕，脾氣很硬，收到你哥個展的邀請卡我也不好意思去。」

藍皓哥似笑非笑，接著說，「聽說有人第一次見到那個女生是在大二的暑假，她不是學校的學生，像是跟家人移居到此地。不知道她怎麼認識你哥，但她那時候確實是你哥身邊最親密的人。」

「那……那間房間裡都有什麼？哥的外租房。」我問藍皓哥。

「說到那天進到那房間，大家都十分的悲傷，卻只有那女生在那房子裡邊淚流滿面邊甜甜地笑著。這讓我們非常確定他們應該是彼此的所有。」

「所以你們決定把鑰匙給了她？」

「不止因爲這個，還因爲那屋子裡有太多太多東西跟她有關了。我們也發現一種瑪瑙的石料就是讓你哥爲之瘋狂的新材料。房子裡的一個矮櫃，藏著很多卷羊皮紙，而每一張都整齊地寫滿你哥研究的瑪瑙的品種，包括很多的原石素描及你哥和那女生共同爲那些小石頭寫下的註解。我們從你哥寫的那一半文字裡發現，在他眼中那個女生是怎樣像精靈般出現在他的生命的，對他來說她好像每一種他珍愛的小石頭。他確實爲她瘋狂了，這也是他堅決要尋找它們的原因，用你哥的句子說，他要找尋世上所有的她。」

我們在飯店外圍走了一圈，又走回停車的地方，他們說要載我到車站。

「抱歉能告訴你的眞的不多。」藍皓哥在車上跟我說。

「哥不要這麼說，眞心感謝你到此刻仍把他當兄弟。雖然你們最終都沒有明確的和好，但我確定，哥是懂的。」

車子在開始入夜的秋天裡駛了一段安靜的路，鈴姐說很高興能見到我。接著我和她先下車進車站，藍皓哥去停車。

「謝謝你維杰。」鈴姐突然開口對我說「你的出現確實能讓藍皓放下那件事。從我認識他開始，他心裡都堵著這事，特別是你哥走了之後，他很內疚之前沒有和好的事，他說他本該是永遠最支持他的那個人。」

「哥知道的。」我確定。

「嗯。我也相信他是知道的。」

此時藍皓哥也走過來了，陽光的笑著。

在車子到站時，我們在車門前握了握手，未來一定會再見的。帶著哥對原木、對戈壁灘寶石，對她的熱情和執著，我對自己的未來慢慢燃起了希望。嘗試尋找自己的最愛，未來的我，一定要滿懷熱情的活一次。

明天就是校舍清拆的日子了，我心裡也有返回台北的時間和計劃。明天過後，若還是找不到那個女生的話，也應該要好好收拾心情回去過自己的生活了。

回想剛來到這裡時，碰到的女生。一種剎那間被蒙了雙眼的迷戀和錯覺，我分明是喜歡上她的，當時。我意料之外的對她投放了鍾情，大概是因爲她是在這個哥的歸屬地，我所接觸到的第一份活生生的情感連繫，純如我和哥那份一起吃喝拉睡的無負荷的孩提時光，純得像當年剛進社會未被污染的如白沫的我。在沒有虛僞的人前人後底下，關係回歸到零的沒有枷鎖。我喜歡妳……只因我喜歡看見妳。

之前汲汲營營的生活把我摧殘得體無完膚，累得連我親耳聽到哥死去的那天我也疲憊得無法反應。我心裡對自己的態度或多或少存在著鄙視，但我找不到一個發洩的出口。當累可以讓你無能力表現底層的那個眞實的感受時，你無法不討厭生活，也無法不爲自己感到悲哀。

站在「景秀」的門前，我仔細端詳著像庭中園的校舍。我不曾在這裡生活，我不敢斷然評估這所建築物對哥、藍皓、鈴和那個女生的影響力。但站在被尼龍巨布緊緊勒住的學校外牆跟前，一份空虛的感覺正無限延伸。哥一切與外界最後的連繫都會在這座高樓崩塌倒下的那一刻永久地被埋葬，而我則無力挽留。

午前的學校聚集了不少人，除了一些統一穿著墨綠色工作服的工人外，其他的大部分都是長期留校的老師和接到通知而特意回來的學生，從他們幸福的笑容可以看出，他們毫無遺憾的曾把最熱血的學習年華曝曬於此，那樣的無悔無怨多麼的讓我心生羨慕。

中午時分，清拆工人已經開始把人群驅離宿舍。清拆行動由學校最裡面的宿舍開始。我們遠遠的隔著建在宿舍旁的籃球場，遙遙地看著房子從最頂樓，由上而下的被雲梯和吊臂侵蝕，在持續的撞擊和剝落之後，曾經人煙熙攘的房子已消散在飛揚的塵土中。整個一二舍的清拆約花了四個多小時，按安排整個拆卸分成兩個階段，尾段的就是木工大樓連工場及大門處。太陽開始西落，殘缺的校園籠罩在橙黃色的夕陽裡。到此為止，沒有看到任何一個女生出現，告訴我她就是我哥的女人，沒有一個人再能多告訴我一點。那個置在工場裡的大木櫃已被各自的主人清出所有東西，哥，唯獨你的那個，我無力開啓。我多次詢問負責人，他們最終無法答應替我強行打開它，眼看它就只能在清拆以後成為公園的地標基石的地台。哥，對不起，我什麼都做不了。

就在這尾段清拆進入最後階段，那個櫃子被工人搬運到空地上，另外也有不少工人在被拆毀的木工大樓的位置收拾大量被拆卸下來的混凝土塊。幾個木工的專家在對那個原木的木櫃進行最後的檢查，用來封死所有開口的接著劑已備在旁，簡單的清理好表層後，兩個木工就逐一把木櫃的門縫灌注大量的接著劑，劑量很重，發出刺鼻的腐蝕性物質的氣味。工作人員把大家再次驅趕到較遠的空地，以防吸入過多氣味而不適。

大家紛紛退後之際，一個女子拼命的向前跑，衝開人群。她毫不防避地撲向那個櫃子，直接觸碰那個滿是接著劑的木門。那是哥的木門。

戴著白手套和口罩的木工驚慌的把那女子拉開，措手不及的人群不斷發出激動的討論聲，我站在我的位置上，害怕得作不出任何反應。對於那個女子的行動，一股寒氣從我的腳底沿著脊椎衝上我的頭皮，我感到越來越害怕。腦海一瞬間閃過很多很多親眼目睹跟道聽途說的畫面。

女子發出低沉的飲泣聲，接著，她被幾個人狠狠的拉離了木櫃子，大家手忙腳亂的爲她沖洗被接著劑灼傷的雙手。在看到那張臉的一瞬間，我不由得恐懼地發出一聲破喉的吶喊，那個無聲無息卻又眞實存在的女子，就是泛。

事情發展到這裡，一種由心而起的恐懼驅趕著我離開這裡。我是想念我哥的，想要找出一個什麼結果沒錯，可是當事實擺在眼前，哥確實是因爲一個女子而徹底性情大變。我得承認我沒有一個那麼強勁的心臟，親自去觸摸那道謎門。或許在外人甚至是所謂藝術家的眼裡，哥是因為某人而迅速潛力爆發。可在我和爸媽這最親近的人眼裡，我們寧可他平凡、默默無聞但活著。知道那讓我哥為之瘋狂的女生進了醫院治療，我沒有勇氣去見她，我連夜收拾行李，在第二天早上第一班列車的時間，拋下剩下的疑題匆匆地離開，回家。

第二篇　纏絲

蟻行冉冉　漫無路　猶疑惑
離聚落落　若不思　未挽住
你我彼彼　形陌模　持纏繞

泛的話：
「我愛那些天地賜予的寶貝，
純樸堅韌而沉默。
在所謂理想面前，第一次，我選擇了夢、棄了愛情。
何奈我不知道我只能選擇這麼一次。

在我和你死命較勁之間，我什麼都沒有留住。

是我遺失了你。

從那天開始，你的不辭而別，

我開始著逃亡的生活。

回憶，磁鐵般攝著我奔跑的足印，

我哪都逃不了。

注定了的，只能糾纏。

誘惑又抗拒的答案此刻就在手邊，

要不掀開，要不閉上眼，

我能相信自己再多一天就能忘記你嗎？

你最後的話，我能承受多少？」

秋去冬來，時間從不爲某人而猶豫或駐足。我們總幻想用時間去改變一些事、一些習慣或一個人。總是覺得，在無限的時間面前，人們略盡棉力總能改變什麼。事實卻一次又一次的證明，改變的從來不是那事那習慣和那人，終究只是遺忘遺失遺憾。

***

在剛開始確定你不再活著的幾個月，我嘗試各種的方法讓自己生存得不那麼痛苦，例如你只是不要我，而不是死去。我幻想你在路上不知羞恥的牽著另一個女人的手、幻想你躲在工作室外面偷偷跟別的女人傳簡訊、幻想你一腳踏好幾船，甚至幻想你和別的女人不知道在哪個隱密的地方幽會。然後，我會假裝一切都被我親眼看見，活生生的在腦海裡演一場血淋淋的分手戲。夢裡你很壞的臉幾近模糊，但那一巴掌的聲音尤其實在。在反反覆覆的練習之後，我也漸漸打從心裡相信你的出軌，也開始對你恨之入骨。最後，我也成功從失去你的痛苦中解脫。及後我不時也出現幻覺。

痛苦的日子裡，迷失是我最親切的救贖，清醒讓我恐懼，它對我是最殘忍的加害。

在最痛苦的日子，我把戈雅用殘酷的方式莫須有地遺忘。而且一體的把你曾經參與過的日子都一併刪除。所以開始過著比迷失更迷惘的生活。除了無限的空虛，還是空虛。那像是失憶的患者一般，會常常想不起昨天，覺得活著的感覺非常淡薄，但我起碼不再沉溺痛苦。

我一直有一班好友留在我身邊，他們是學習時期和我最親的女生。她們是和我從老鄉一起來台東學習的人，而她們也間接見證了我和戈雅相識初愛時最忘我的階段。我們不是和戈雅同一所學校，所以嚴格來說，她們不認識戈雅，她們對他的了解其實只來自我的描述。戈雅走了之後，她們聯合起來成立了一間金工學院，表面上是為興趣而創一番事業，背後明確的動機其實少不了守候和陪伴。

我是一個石販的女兒。從孩童時期到高中畢業，我和這些一起生活的同伴們都被很多很多的寶石圍繞長大。老家的寶石販賣村裡，家裡販售天然寶石奇石的，都會把孩子從小培養成石頭專家。原因之一少不了是爲了家裡的事業；另外一個更重大的原因當然是因爲，販賣石頭的販子大多其實是寶石的收藏家，他們奉這些天然寶貴之石爲天賜之物，爲之瘋狂，珍而重。

在眾多的寶石之中，我尤其喜歡瑪瑙原石。想起我第一次看到它們，我才六歲，看到爸媽從取貨提箱裡倒出一堆小石頭在地毯上，那一眼看到它們，我就深深愛上它們。我忍不住去觸摸那些七彩的石塊，油亮油亮的表面總比其他的寶石來得親切。我的童年和瑪瑙石結著很深厚的友誼。到我年紀稍長，我漸漸從玩樂轉移爲欣賞，我跟著爸媽學習，進而慢慢深入的研究。爸媽看我對瑪瑙的熱愛與眼光，在我十五歲那年，他們把瑪瑙石的進貨部分完全交給我當成我的生日禮物，從此我每隔幾個星期就可以獨自帶著資金到村子的賣場觀看第一手的新貨。那段時光過得飛快，在眾多石商的交頭接耳中，我的鑑別功力得到提升，而這個經歷正正滿足了我對瑪瑙奇石的無限上癮。又過了三年，在幾次較高回報的交易之後，村子裡一位瑪瑙達人去了我家找我爸媽，說要引薦我去拜一位台東的瑪瑙鑑賞師爲師，聽說那師父曾轉折購入我家出售的原石，對於我的眼光頗爲認同。

最後我和我老家的兩個好友凡樺和玉兒，結伴來到台東跟隨了師父。隨後，結識了戈雅。

***

他走了之後。我沒有回老家，家裡大概知道我的事，但他們選擇不過問不強迫，讓我靜靜待在這裡療傷。其實慢慢的，我有變得好一點的，畢竟是那麼多年以前的傷口。直至這個男生的出現。

那天我記得，我仍處在前晚的宿醉裡，胡亂的思緒從我腦海中的缺口蜂擁而出，你的臉交差重疊在我的眼前，我一方面奈不住很想仔細的看清你，一方面我卻下意識的把你從我眼前撥開，奮力的躲開你的重影。我跑出屋外，外面下著很大的雨，我控制不了雙腿直跑到公園的後山，面向你在的方向，張開雙手，我瘋狂向前跑，甩掉了行囊衣物，我奮力站在亂石淺灘，鋒利刺進我的雙腳，鮮血染紅了路，流下血痕。彷彿只有讓痛掩蓋心洞。跑到海岸邊，我慘叫，眼淚擦傷我的臉，我以失足落水的方式掉入水裡，直至窒息前的一秒，我冒出水面。缺氧的大腦頓時補了血液，我從咳嗽中漸漸清醒。披回岸上那沾滿沙土的外衣，我站在黃槿樹下，看著默默向天收回的雨點。在蒼白的夜裡，蒼白的月光照遍了沉寂的樹梢與沉睡的石頭。涼風輕輕吹拂我的外衣，我站在樹下良久。

熟悉的布鞋踏在濕土的聲音，我朝著聲音的源頭看去，你站在斑駁的月影下為我撐起了傘，你的臉浮現在這男生的臉上，無聲的重疊著。

接下來連續多天的相遇，可恨的，我居然重新掉落戈雅的夢魘裡。不管是面容、體形、語氣或氣息，我竟然對你們的相似動情起來。在一個血淋的幻影面前，原來這樣無處可避，我竟然讓一個不是你的男生待在我身邊，我為之感到驚訝，甚至可笑的閃過一個要和他交往看看的念頭。如果一輩子我真的就這樣無法逃開你的回憶獨自的活，我能不能就待在一個替身旁邊苟且地活著，你會准許嗎？

一切的混亂思緒，被某天親眼看到的一幕狠狠地擠開，難以承受。難以承受在畢業通訊冊上看到你的名字緊緊併列在維杰的名字旁邊。一陣極度昏暈。

＊＊＊

模模糊糊我睜開眼睛，四周的白光一瞬間讓我雙眼重新緊閉。眼皮下的幻影弄痛了我的眼。有好一陣子，我的眼睛是緊閉著的，如同當初你無聲無息傳來的死訊，我是怎樣的不願意面對。你離開的這段日子以來，我從澈底的失序轉變到有序的遺忘是計算不了無數個日與夜。

只少數幾個人來過醫院，放下了一些水果鮮花，我幾乎都在他們到訪時裝睡。住院的第三天，痛楚有明顯的減輕，止痛藥的藥劑也開始減少。前幾天所出現的迷失感沒有了，清晰地只剩我，我和回憶。潔白窗台放著一個水藍色的透光瓶子，裡頭種著幾朵一元大小的雛菊，陽光公平地灑在每一個它們之上，如同它不忘灑在我的心上，微燙的白衣下，有著一個緩衝下載著你的回憶的心臟，它一跳一跳的平穩地活，一跳一跳地揮舞著當年的興奮。

＊＊＊

二〇〇六年，台東車站。

這是我初次離開家裡獨自生活。我和凡樺和玉兒拖著一框行李從火車上下來。朝著往「景秀學院」那邊的大巴的售票處走去。我們聽到前方的男子要前往一樣的目的地，我們買票後就直接跟著他。坐在你後面排的等候椅，也坐你後面排的公車椅，甚至跟著你去吃午餐。你我第一次的見了面。你長的怎樣?嗯……身高大概一米七幾，體型不算太瘦，粗眉、小眼、鼻子小而挺，嘴巴也不是很大，留著一排明顯有修的鬍子，怎麼說，整體醜醜的讓人討厭。

跟著他，我們去了一家在學校車站附近約二十分鐘距離的飯店。我跟著他點了雞腿飯也喝了些免費的麥香紅茶。看著我們和他點了一樣的食物，他用他有小鬍子的嘴巴向我們笑了笑。那時候我真覺得他好不好看。

接著我們跟著他坐上了從車站到學校附近的小巴士。那時候他第一次和我們講話。

「我好像在火車站就看到你們，你們也去景秀哦。」那男子用低沉的聲線說。

「對呀。」凡樺順口回了他，而我假裝看向窗外，不想回，總感覺他有點太輕浮。

「噢，那你們去那唸書嗎？我是那邊的學生哦。」

「我們不是，我們是去拜……」玉兒想要衝口而出。

「咳咳……」我清了清喉嚨，心裡強烈的想，關你屁事。

那男孩醜醜的臉醜醜地笑了。

接駁車到了總站，我們和他一起下了車。到達了車站我們的路線就不同了。他在背著我們的方向，叫著有緣再見類似的話，但當時的我卻頭也不回地往前走。這是我第一次主動錯過他。

我們那緣分紐帶迂迴而冗長，彎曲卻到位。

跟他分開後，我們朝著師父家的地址走，沒花多久就找到一家打造小木箱的店家。還未跟他們相認老闆便從店裡角落的木椅中站起來，面容慈祥的向我們走來。透過門口鑲在木門上的玻璃窗，看到老闆身穿一件應該已是久遠的連身工作褲，從鵝黃色的燈光裡，老闆顯得格外和善。門邊掛著的鈴鐺響起清脆動人的聲音。接著老闆娘也從樓上走了下來，老闆娘就是我的老師，她看到我、知道是我之後，沒說什麼只給了我一個遊子想念的擁抱。

一切一切讓初到的我們十分安寧也充滿期待。

從此之後，這間占據我人生很大位置的獨棟房子帶給我的快樂是那麼的意想不到，甚至在不少個瞬間，讓我掉進最歡悅的幻想空間。

好想形容得一字不少，可恨一切都快要從我的記憶裡消失。

之後我就發現，爲何他們會千挑萬選看中我。在獨棟的房子裡分成四層。地面層是老闆的小木箱店。小木箱店主要販售各式各樣的原木箱，中國傳統的案頭上的小木箱刻花精巧細緻、歐洲宮庭式的小木箱獨自在過去的世界裡獨領風騷、英倫風格的木製行李箱別樹一格，而說到最引人目光的絕對是在小木箱店裡層，放在老闆收銀木桌後靠牆的那塊巨型木名牌，木名牌的打造技巧非常特別。在一塊巨型無瑕的原木塊上，大膽的把「石頭紀」三個字深深地刻下。接著把很多種不同的木塊打磨成能無縫拼湊的塊體，鑲嵌在巨木塊的刻痕裡，而「石頭紀」的石字則是其中之精采。一眼就能看出來，是我家賣出的戈壁瑪瑙，那一單貨全是我挑的石，而且我記得剛好是一單爲數不少的顏色稍微豐富的瑪瑙。它爲我家石頭店贏得不少喝采聲。最絕妙的技巧是那個約半米乘半米大的「石」字，在不打磨加工的情況下，以木頭遷就瑪瑙的方法，完成毫無縫隙的一個完美的石字。老闆收銀桌上坐著的那盞安靜而優雅的鵝黃燈，把各種不同的石頭照成同一個色調，互相爭豔又互相襯托。據老闆娘和老闆說，這為它們帶來一個長久合作的委託金主，把幾年前石頭紀的店運瞬間逆轉。老闆娘是戈壁瑪瑙的研究和收藏家，她不作販售。因為她的獨到眼光，三樓成了老闆娘的私人收藏館，這裡不開放外界參觀，但瑪瑙界定期的研討會會固定辦在這裡，來的人都不是一般的平凡愛石之人，大多在寶石界頗有名望，且非富則貴。而第二層則是老闆的木工工作室，而我們大伙兒則住在四樓的各自的房間裡。

它是我的第一個「石頭紀」。

跟老闆娘拜師之後，我在這屋子的生活主要分成三個部分，一是每天早餐過後，跟著老闆娘學寶石學，二是中午過後去打理老闆娘的收藏室，三是約下午四點後去老闆的小木箱店顧店到傍晚。那是一段非常簡單快樂的生活，我的兩個朋友之後也在小店附近找到了房子和找到了工作。偶爾我會陪著老闆娘參加定期的瑪瑙展示會，或去「景秀」附近的公園後山去研究台灣地質及探討早期東部曾發現的瑪瑙痕跡。

第二次我見到你，是在老闆的工作室。那是我到師父家生活約四個多月的時候，還記得當天我在替老闆娘清掃收藏室，也順便把瑪瑙逐一拿出來塗油保養，之後我聽到老闆娘他們的對話。

「老公，今天那個學生就會來？我要不要去準備些茶點什麼的？」老闆娘向剛從工作室走上來休息的老闆問道。

「呀對，他好像逢禮拜三都上課到三點多才直接過來，一禮拜就教他一堂。」老闆邊擦去額上的汗珠邊回說。

「哦，他是景秀的學生？」老闆娘問。

「是呀，老唐推薦的，說是有天賦。」他們口中的老唐應該是位老師。

「那今天邀阿唐一起出去吃個晚飯也可以。」老闆娘提議。

「是呀，也好也好。反正他今天也會帶那個學生過來。順便晚上跟他敘個舊。」

這個老闆口中的學生，出乎意料又順理成章地，正是戈雅。

當日我打掃完收藏室，走到小木箱店看門，接替老闆下班的時間。我走到店的大門外面，用掃子清理鈴鐺上的灰塵，鈴鐺發出非常清脆的聲響。在我轉頭之際，他原來就一直無聲無息地站在我背後。

「請問……找誰。」我認不出他，而且有點不悅。

「這裡是賣木箱的吧。」他直直地問。

「……不然呢……」都看到裡面堆滿木箱，還問什麼，我心裡想。不知怎的，他的臉就是有那麼一絲的嘻皮笑臉，讓我一道無名火突然燃起。

「那……是不是……有老闆呢？」他問。

「那……不然呢。」我有點別開臉，默默的翻了一下白眼。

接著，他就沒說什麼，站到門前的玻璃窗前，把我間接的擠開。我也不想去搭理他，跨過他走回店裡。

好一會，他都還站在門外，不知道在看什麼。

此時老闆從二樓的樓梯走了下來，看到在門前閒晃的他，就直接走了出去。隔著木門我聽不到他們的對話，但透過玻璃窗看到老闆親切的搭了搭他的肩，而他也搔了搔頭表現出不好意思，當下我知道原來他就是那個新學生。就在我強烈掩飾自己的尷尬時，他跟在老闆的背後進來店裡，他沒有說什麼，用他醜醜的臉和鬍子對我笑了笑，我記起他了，是那個「帶路」的醜醜的他。

當晚晚飯前我都沒有見到他，他跟老闆都待在工作室。之後老闆的友人唐老師也到店裡。在間間斷斷的笑聲中，我可以滿肯定這小子有著過人之處。老闆從來不收學徒，拜訪的人再多，作品再出色，老闆從來都是好言的推卻，這裡藏著一個很大的原因。

聽說老闆和老闆娘有一個兒子，他當兵去了。臨行前他曾向父母許諾，會好好思考一下繼承小木箱店的事。但就在兒子兵役快服滿一年之際，他從營裡寄了封信回來，一封讓父母親心碎的家書。信裡滿是兒子的聲聲抱歉，結尾寫道：「我決定終其一生要爲部隊效力，我想這就是我的夢想，父親，對不起。」老闆曾在一次微醺後說過，小木箱店是他一手打造的夢想王國，那是他人生最紮實的果實，它養育了自己的夢想，也養活了一家人。這份得之不易的成就他就是怎麼也割捨不了，那不只是一種傳家技巧一樣自私的不肯外露人前，而是站在一個父親的角度，就是偏執的想將一切都給兒子的純粹想法。老闆說過，有才華的人不少，但是是心不對，心不對。初來的時候，我還不懂他的意思，直到後來，我才悟出其中心的意義。面目全非之時。

我、老闆老闆娘、他和唐老師接著到了家飯店吃飯。過程我都沒什麼搭過話，只是靜靜的坐在老闆娘的旁邊。

「老唐，剛剛看了小子的操作，確實讓我滿驚喜。」老闆滿意地點點頭。

「哈哈……就知道戈雅有你要的東西。」唐老師對他再給予一個肯定。

「說說看，你爲什麼要搞木工？夢想是開店？」老闆刻意地問了一句。

「……」他思考了一會，才說「現在我並沒有什麼龐大夢想什麼的，我只知道自己想無止境地接觸它、發現它。」

對於他的回答，我心裡翻了下白眼，暗道他這人實在太假太會做人。

但是，我就是知道，這正是中了老闆心中的那個標準答案，老闆從戈雅的回答中看到了自己的兒子。寶貝說他要飛，父母手中的玻璃線仍牽著，在狠狠地拉扯之際，愛與期待相若，他們的手心，割得越痛，最後父母終究緩緩地放開手，孩子倏地跟著他們的夢飄走遠去，孩子終究不懂父母的痛。放與收之間，又有誰能做到自如。

當下，我看到老闆一絲同情的眼光，他同情起小木箱店。

他開始當上老闆的學生時，他大多一個禮拜只來上課一次或不多於兩天，之後情況有點異常，戈雅漸漸變得每天都來報到，而且都待得滿晚。甚至有幾次，我們聽到他和老闆討論設計圖到深夜。一直我都沒有跟他特別好，可能是因為他總是給我一副嘻皮的嘴臉，我總是會一陣陣無名的怒火。

剛開始的一個月，他跟著老闆學習，老闆是有跟他討論和指點他不少東西，但是，總覺得他只在那門檻外面一直繞一直繞，就是進不去。直到某一次，我被他的「執著」所震動到，之後，我開始無法無視他。

那天，是老闆親自出了一個考題給他。戈雅剛開始時真的滿懷自信的。老闆從四樓的房間，把一個一直拿來裝著照片的木箱拿了下來。木箱大約有兩個鞋盒那麼大，顏色比較深。老闆小心翼翼的把盒子裡的舊照片倒在桌上，用信封套好。

「這個盒子，是在我兒子大概十六歲時我和他一起做的，盒子上用了很多有趣的製作技巧。」老闆在大家面前說。

戈雅沒有發聲，默默接過盒子。他拿著反覆地比對。

「我希望你重做。」老闆接著說。

戈雅仍在屏息似地研究著。

「我要你以這個木盒作爲範本，做出一個完全一樣的盒子。」

「完全一樣？」戈雅抬起頭問。

「對，不管什麼方法。我只有一條限制，就是你不能破壞它。」老闆把手放在盒上。我猜，這就是決定他能否成爲老闆眞正徒弟的最後答案。

「一個禮拜的期限，這個禮拜三我就不上課了，工作室你能來用。」老闆叮嚀了這句之後就和老闆娘出門了。

他們這週會上台北，去參加一個瑪瑙博覽會，而這次我也被指派要留守家中及看店。本來，我確是滿心不甘情不願的，但因爲要點收老闆娘訂的貨，我只好不去。

測試爲期一週，第一天他一早就按了門鈴進來。適逢寒假，他不用上課，店裡只有我和他。我盡量地待在三樓，從一大早就開始打理收藏館，直到他中午從二樓的樓梯走了上來。他應該是在梯口待了一下，我也是在一個抬頭的時刻才看到他。

「要……要一起吃飯嗎？」戈雅有點不好意思的問。

「吃飯？」我有點反應不過來「現在幾點？」

「要午飯時間了，你還在忙嗎？」戈雅指了指我擺滿一桌的寶石盒。

「哦……對呀，我打算先看完這幾個。」我回答說。今天的我竟然沒有想要頂嘴的意思。

「哦，好呀，你先忙完，我等你。」戈雅一副理所當然的模樣。

「好的，我儘快。」

「你慢慢來。我能參觀一下嗎？」戈雅指著飾櫃。

我向他點了點頭。我也很快就把我手邊的幾塊石頭分好。那時候，我抬起頭看著戈雅專心看著瑪瑙的背影，他偶爾唸唸有詞，偶爾點點頭。這是第一次，我覺得他懂，他懂得看珍品，及爲之狂熱。

在步行去飯店的路上，他問我：

「你叫泛對吧，我聽老闆說的。我叫戈雅。」

「嗯……對。」我沒有看他，只看著前方的街道。

「你在跟老闆娘學習的是什麼？」戈雅並不敷衍地問。

「怎麼了？」我好奇他爲什麼會問。

「你學的就是老闆娘展櫃裡面的精靈嗎？」他若無其事的說出精靈兩個字。

「你怎麼會說是精靈？」在不確定他是否眞感興趣的時候，我眞不願意和他分享我的任何事。

「我感覺到了……」戈雅停下腳步面向著我，我也跟著他停下「是有靈性的寶物。」

「對的，我在學習認識它，它是大地珍貴的寶貝。」我也面向他。我竟然像鸚鵡一樣。

一頓安靜的午飯。我們再次步回原路回店，我好奇地問：

「盒子怎樣，有進度了嗎？」

「還沒頭緒。」他笑著搔了下頭。

「嗯……」

「從昨天老師公布題目開始，我一整晚都在想，直到快天亮都沒有一點頭緒。因爲手中沒有盒子，我只能看著昨天手機拍的照片。」他搖搖頭「所以今天我一早就過來，帶上相機，不好意思打擾你了。」

「我知道些關於盒子的過去，不知道能否幫到你。」昨天戈雅走後，老闆娘有感而發的話，不知爲何我向他坦白了。

「你肯說當然最好了。」戈雅笑得如陽光般燦爛。

「老闆娘說木盒子是老闆和他的兒子，在高中畢業前一起動手製作的。老闆的兒子在服兵役之後決定不再回來繼承，這個盒子製作時的那份老闆對兒子的期望已經破滅了，所以它裝的並不只是回憶的照片，我覺得它封印了老闆的期望。」我有點落寞。親人之間的愛是最沒法說清的。

「……」突然之間戈雅變得有點失望，不知名的。

難道是我把這個盒子的故事講得太過嚴肅了嗎？

過了一陣子，戈雅向著藍天掛著的絲縷白雲說：「我知道……這是我能成爲師父的徒弟的最後機會。我不會放棄的，泛你能支持我嗎？」

「……」看著他堅定的眼神，我就是很想回他一句好「嗯。」

戈雅揚起孩童般稚氣的笑容，醜醜的，與剛才的他判若兩人。

接著，是一個下午的埋頭苦幹。我去看些寶石文獻，他在二樓忙著。就在黃昏的泛黃映照入屋的時分，他匆匆的道別回家了。他離開之後，我進到二樓的工作室進行打掃。裡面並沒有混亂的工作痕跡，老闆的小箱子也原封不動的擱在案頭上。整齊得像沒有人進來過。

除了……桌上有一些橡皮擦碎屑。

接著的三天，我都錯過了和他的午飯時間，忙著去盯老闆娘的訂貨，我每天回到小木箱店已經快天黑了。我和戈雅在這幾天都只是在二樓和三樓的來回走動之間，爲對方投上一個笑容或一聲加油。每天他回家後，我都會去清掃一下倒個垃圾，我總是發現他就像沒有動過任何東西一樣，就像沒有人來過。

這是第四天的晚上，老闆留給戈雅的木材料也依舊沒有用過，照這樣看，不妙，我開始擔心他能否順利過關……

出題後的第五天早上，我睡晚了點，起來的時候已快到中午，稍微有點驚醒的起來，我下意識衝到樓下。果如想像，戈雅就在門口，我立即幫他開門。

「不好意思啊。」我快步走到坐在石階上的戈雅的旁邊。

「沒事沒事。」他笑著大聲回應，一下站起來。

「來了就打電話到店裡叫我開門嘛，在這傻等是要等到什麼時候？」我有點來氣。

「我知道你一醒來就會記起我的，前幾天你那麼忙，就多休息一會。」他先走在我面前，等我開門「而且我在畫圖，沒差啦。」

我向他翻了個白眼「那你早午餐都沒吃哦？」

他笑笑沒有回應，我再翻了個白眼。

「不要生氣了，我知道一個解決方案。」他壞笑了一下「那你給我你的電話號碼。」

***

我弄了杯牛奶、煮雞蛋，特意拿到二樓給他。也許是出於私心，也或許是我太好奇他造盒子的進度，我有意地靠近桌子準備把杯子放上。他在離梯口不到十步處，蹲著，拿著鉛筆，像在地上畫著什麼。

「謝謝。」他點點頭。高度專注在他的草圖上。

「進度怎樣？」我看了看他的圖紙。

「大體上的結構，尺寸什麼的是都已有把握了，但就是有些細部我還眞的沒辦法了解，也無從入手。雖然它看起來像是滿大的，但因爲師父打造時都作無縫的，根本所有細部都收藏在木板內。」

「嗯……像一體成型的感覺？」我觸摸感受著那道緊密細縫。

「對呀，說眞的，當天要不是聽到你說老闆與他兒子的故事，我原本當天就要把它直接解體的……」他用手來回撫摸著自己的臉。

「直接拆散？這可是件唯一的東西呢！」我有點難以接受他的提議「那怎麼可以……」

「所以呀，聽了那個故事後我也沒做什麼。但這幾天，我滿腦子都是想拆開它的想法，我確實很想解開這個盒子的祕密。」

「……」對於他對待老闆的思念表現出的冷感，我實在有點氣憤，我沒有再回答他就轉身步上三樓。

「泛，我有信心可以完整無瑕的把它重組，也必定能解開那個答案，相信我好嗎？」

我停下了往上的腳步，默默地聽著。

「這關口……我需要你的信任。」

我們對望了好幾秒，我重新邁步走上三樓。

我的心情是矛盾的。對於老闆的回憶，我是比誰都更想保護的；但對於對目標的執著，我也是有著牛一樣相當的一股硬脾氣。我生氣，是因爲我無法堅決的譴責他不該做這個選擇，但我也不能站在自我的那一方，因爲我很清楚當下我一推，他就必定會去做。

我回到我自己的房間，從自己的行李堆中掏出一個小盒，盒裡面是用絲絨布好好包裹著的瑪瑙石，是從小到大的收藏。我緊緊握著，那個答案一如以往的如靈感般浮現在我的腦海中。情緒慢慢回復平靜後，我又重新回到三樓的工作崗位。

漸漸，開始傳來一些敲打聲，再是一些切割木頭的聲音，聲音越來越快，中間的間斷也越來越少，明顯地，他的造法對了，一切都對了。

戈雅一忙就是一個下午的時間，中途我來往小木箱店和三樓，經過了好幾趟，他都專心得沒有察覺。就從這天開始，我對他的看法來了個大逆轉。他不再是我誤以爲的那個只會嘻皮笑臉的男生，他確實有他非凡之處。這天他離開之後，我驚訝的發現，木盒已經悄然的回歸到它原來的位置。

最後兩天，直至老闆他們回來之前，我們都沒有多聊，而他也表現出異於常人的堅持力和耐性。最後一天的下午，我甚至坐在二樓他的工作桌的旁邊看著他忙。他的手腳和反應都很快，而且對於技巧上的大多數考量他都能迅速作出正確的判斷，還有一點滿讓人驚訝的，就是他不像一般設計課的學生一樣，把材料工具都散落一地一桌。它在忙碌之間東西都會正常的歸位，讓用完的工作室依舊維持著「沒人進入」的狀態。

我耐心照顧起他的三餐，甚至在乎起他的情緒，他的考試無聲息地載到我心上。我爲他的期限而緊張起來，我也開始不懂自己。

＊＊＊

「我們回來了。」老闆的聲音從一樓傳來。

「我們回來了……」接著是老闆娘的聲音。

我立刻從三樓跑下來，在二樓的樓梯處碰著戈雅，我們都緊張，對於老闆即將公布的答案。

一輪嘻鬧之後，我們都聚到二樓的工作室裡。小木箱店今天關門一天。

「戈雅，把東西拿出來吧。」老闆調好椅墊，坐好，老闆娘也坐在旁邊的位置。

「這個就是了。」戈雅比了比桌上的那個。老闆反射動作似的迅速環視了周圍，發現旅行前木箱放著的位置也有一個一模一樣的木箱。

從老闆的臉上可以看出，他對於自己誤認戈雅的盒子是原來的盒子有點被震驚到也暗暗地贊許。

「所以最後你還是拆了它對吧。」老闆以從容的、讓人無法猜透的表情問著戈雅。

「是。」戈雅堅定地回答。

「就算聽到泛說完盒子的回憶。」戈雅臉上閃過一個「呀……原來是這樣」的表情。

當下到底發生什麼事？就我一個被耍了嗎？我立即看向老闆娘，卻得到一個「嗯嗯，對」的表情。

我被利用了，無言。

「強行拆開它之後，我明白師父你讓我模擬重造的原因了。」

「你說說看。」老闆揚起有點滿意的臉。

「古時候的隱藏卡接法，以不用任何的填充物，讓木頭與木頭自然的結合。在沒有介質的狀態下，木頭之間會產生一種自然依附的傾向。它們強烈地牽制著彼此，營造出對外界極強的防衛能力。」

老闆被戈雅的說法深深地感動著，老闆娘甚至在微微的抽搐。

「而且，無論結果是怎樣，我要先說聲抱歉，強行拆開它大部分是因爲我的私心和自傲，我甚至沒有多思考過結果。」

如同一些煽情的故事發展，老闆和老闆娘繼續被戈雅感動得一塌糊塗。對的，他成功通過了，合格了。

當天晚上，我送他離開。在公車站前，他突如其來地抱著我，在他深深的呼吸聲中，他對我好好的說了聲謝謝。他的擁抱非常的溫暖，也給了我一份身在異地的安全感，我的心噗通噗通地跳著。巴士站牌的路燈，照亮了我的臉。臉紅了。

***

那之後，老闆開始給予戈雅多出於很多師父給徒弟的關愛。之後，他就更常出現在店裡了。除了原定每星期一天的上課之外，他漸漸每天都會出現在店裡，他會一直在老闆的身邊協助他趕訂單，也會心甘情願的幫忙顧店，我們的時間，就終於，一直一直的重疊。

***

戈雅的能力在短短的兩個月內有了明顯的進步。他不但勝任了他木匠的工作，也成爲沒有親兒繼承小木箱店的老闆的心腹，眼看很多很多的事務都已轉移到戈雅身上，我對他的感覺除了是折服他的才華外，更對那些才華起了滿滿無法抑制的嫉妒，充滿矛盾。而另外一方面，我緩慢且有力地漸漸愛上他。

紮根於他的才氣，消蝕在他的氣魄和堅定裡，我昏頭轉向。但越是愛得更多，我心裡那個不服輸的因子不斷滋長，看到他越是埋首幹突破再埋首幹，我變得比以前更奮力用功。我變得除了打理展館以外的時間都用來研究和讀書，我們由互有好感的雙方，變成綳得很緊的橡皮圈，互相拉扯著疼痛地進步。直到有一天，我們爲了一件瑣事，爲了得到我倆的老師一句贊同，我們辯得老闆老闆娘都出口阻止了。我們都意識到那道拉鋸，戈雅建議我們慢慢地鬆開……那根已經快要斷的橡皮。

「我們出去走走吧。」戈雅走到店門外輕輕叫了我一聲，我沉默的停下手邊打掃的工作，跟在他身後走了出去。

我們走了一段不短的路。眼看要到達「景秀學院」，他領著我繞過學校走到後面的公園。知道當晚確實衝動了的我和他，沒有說話，默默地走著。

我們坐到一張守在樹底的木椅上。

「我們不該朝這個方向走的。」戈雅開口說，看著前方。

我沒有回應。

「我的能力本沒有要作爲和你較量的武器。」他用力地看著我，我感覺得到。

我依舊沒有回應。我也內疚，但乏力。

「我希望和你分享我努力學習的成果，希望你爲我開心。」他輕輕握著我的手

「你懂嗎？」

「所以要我看著你進步而自己卻一直站在原地嗎？」我有點激動，低聲地問。

「我不是這個意思。泛，你眞的不懂嗎？」戈雅也有點激動，他把我移到和他

相對的位置。

「不是不懂。」我直視他的雙眼「但我的自尊不准許我退步。」

「就算……就算對方是一個眞心喜歡你的人？」他問。

「就算對方是一個我眞心愛的人。」我紅了眼眶。

當愛情來了的時候，有些人會忘了自己。她們和他們把對方視作全部一切，突然萬物就開始圍繞著那個人轉，她們、他們，忘了自己來的時候本是一個人，走的時候應該或可能也只會是一個人。

但是這一天。我和戈雅都非常嫉妒她們或他們，多麼地希望，我們眼中只有彼此，而不是現在的，互相嫉妒地踐死了愛情。

「還是，我們連開始都不應該？」我眼眶滿載著眼淚「如果從這裡就停住，我們都退後一大步，純粹是師兄師妹的關係，我們會不會好一點？」

換他沒有回答了。但，他的手反而握得更用力，就像……最後一次機會一樣。

「我們不會失去彼此的。」他只擱下這句話便急著走了。他哽咽了。

放開手的那一刻，我親耳聽到，某些易碎的東西……碎了。

***

在……放開手之後，我們有特別去梳理好一些關係和多餘的情愫。有的時候我會很矛盾，每一次當我看到他的能力特別強的時候，我會因爲他曾經考慮過要和我在一起而感到很自豪；但另一方面，我看到老闆把他當成兒子在勾肩搭背的時候，我會反問自己，如果我們開始了，親近你的人會是我，原來我對你是那麼的渴望；再另一方面，我們放逐了那股嫉妒的旋渦，你的才華不再讓我那麼疼痛了。

在這之後，你離開我之前，當我發現原來你也這樣想。這讓我心隱隱作痛。

直到現在。

＊＊＊

就這樣，我們維持著同一對師父師母的生活過了將近大半年，我們因爲當初的默許而始終沒有越界成爲一對，但戈雅從來都在我身邊。我們都生活在小木箱店裡。在沒有課的日子，他都出現在店裡，他接管了店內大大小小的事務，創作、打造、顧店和管理等等，先不說一直喜歡戈雅的老闆娘，連老闆也完全把他的話聽進去，就像……兒子的話一樣。

本來，就這樣下去，他毫不意外的會成爲小木箱店的下一代接班人。如此理所當然，倒是沒有人猜想過戈雅會有企圖什麼的。

就在戈雅正式成爲大四學生的那年，我清清楚楚記得當時他已開始就他的畢業論文打算向老闆請教。那是個確實挺風和日麗的日子，老闆和老闆娘那天一早就出去了，聽說要去附近的小山逛逛，他們帶著的小吃還是我準備的。本來他們也打算找我一起去的，但我就是懶懶的不想動，另外我手頭還有一個小研究快到尾聲，所以沒有跟去。結果中午時分，有一個不速之客來了。

這個人讓我和戈雅反而變成了客人。他是老闆那個去當兵的兒子。那天是我先碰上他的。

「歡迎。」我靠在小木箱店的收銀桌邊看著些石頭的文案。

只見那個人沒有搭理我，一屁股的坐在一個近門口最大的裝飾用木箱上，他隨手把他的一個深色的帆布包扔在地上。他顯得有點風塵僕僕像旅人。

「先生，隨便看……」我還沒說完，那男子直直地看著我。

「你是……嗯哼。」他說到一半，自顧自的在店內隨意走動，來來回回，但又不時停下來看著我冷笑，有點不屑地說：「你忙你的吧，不用理我。」

就他的話語猜想，他大概是老闆認識的人吧。在我還沒察覺他是老闆的兒子之時，戈雅來店了。

他一進店，我用不安的眼神和那旅人同一時間朝帶鈴的木門看去，我們三人的眼睛對上了。接著，場面變得有點失控。

戈雅短短幾秒便衝到旅人面前，他用力地抓住旅人的肩膀，旅人反射動作般把他重重地摔在地上，兩人扭作一團。我嚇得背脊發涼。

***

戈雅的眼角大片淤青，旅人的右手在流血。這是他們在好一陣子後各自坐在地上的狀態。旅人明顯體格強壯許多，力氣異常地大。

「你，打電話給你老闆。」旅人指著我大喊「現在。」

我趕緊撥了通電話給老闆娘。電話裡，老闆娘突然異常平靜的說「我們立即回來，不用擔心。」

旅人喘著粗氣地走到店外，狠狠地抽著煙。我跑到戈雅身邊，用紙巾輕輕的印掉他嘴唇上的血跡，他一手輕輕的把我擋掉。沒有理會他的反應，我硬把他轉向我，小心地幫他清傷口。那段時間每秒都走得特別慢。

外面傳來車子停泊的聲音，烈日在店外，映在我和戈雅的眼裡，是老闆娘背光的身影，緊緊抱著旅人。那一剎那，我們懂了。

我扶起了戈雅。隔著那一扇門上的透明玻璃，我們清楚地看見老闆快步走了上來狠狠地扇了旅人一個耳光。老闆娘哭了。

而那一句「這店就算我不繼承也不可能給他，他憑什麼。」凝固在烈陽下，始終沒有消散。我感覺到戈雅有點發抖的肩膀。

烈日的陽光真是很殘忍，它就這麼看著旅人跑走了。老闆憤怒又悲傷，老闆娘無限地看著兒子已消失好久好久的街尾，它就只這麼白白的看著。

***

那天，戈雅傍晚就說要離開店。我尾隨著他。

「戈雅，我們聊聊好嗎。」我輕輕地捉住他的手，又放開了。他轉身，抱著我。

「請不要同情我……」他的話埋在我的肩膀上，很小聲「拜託。」

我很清楚他，懂他的委屈。和我一樣自尊心很強的他，被貫以謀小木箱店的罪名實在太大了，他受傷了。

「沒事了。」

我看著他的臉，輕撫他的眼角「爲什麼要打架。」

「如果今天，你是我的，我能名正言順地保護你，我不會那麼不甘心。要是再像今天一樣，我只能看著你擔驚受怕……我要瘋了。」

「要不是有你，我今天該怎麼辦……」我把臉貼在他的胸膛，一直到他的呼吸轉爲平和。

***

到這裡，我們積極追求夢想的路就悄悄地斷了。

老闆兒子回來過這件事，讓戈雅和老闆在一日之間變回了比師徒更不親的陌生人。剛開始時，老闆也沒有要收回曾給戈雅的任何東西，指導建議等等都沒少給。

反倒是戈雅，從以前天天來，到最後可能一星期才來店一趟，甚至幾星期都不來。

大家都不敢主動去打聽對方的近況，而我這個其實不是他的誰的角色，我對他就只有想念掛念和思念。在很無法控制理性的情況下，我才會傳一個簡訊確定他有好好的。知道他有在繼續爲畢業作品努力，這是我唯一感到踏實的自我安慰的方式。

又這樣過了好幾個月。有一天在店裡接到戈雅的來電，那是老闆接的電話，掛上話筒，老闆說他想要回來，說要借木工場做一個東西。老闆老闆娘雖然答應了，但他倆尷尬的笑容原來正在悄悄地揭露一個天大的決定，而我竟是最後一個知道。

＊＊＊

那件事是六月曝光的。

我還清楚記得，當時戈雅連續十五天都來店裡。他和老闆的關係也變回之前那樣，像他兒子從來沒有回來過一樣。而這短短的十五天，他和老闆娘處得比從前更好，他不但跟老闆討論很多木工的話題，也頻繁地找老闆娘聊天。我們午晚餐都會圍在一起，有時候大家累了就會一同出去後山走走。事情順得讓人產生無謂的懷疑，讓人好生不安。就在第十五天晚上的飯桌上，傳來兩個激盪的消息。

「我和老闆娘要關掉這小木箱店了。」老闆微笑地看著我。

「嗯？」我瞪大眼睛看著老闆，又看了看老闆娘。

「抱歉不能多帶你一會。」老闆娘牽起我的手「妳很聰明，也很有熱情，如果這不是必然的一步，我眞不願意就這樣讓你離開。」

「一個多月前，兒子來信了，說要接老闆娘他們到身邊照顧。」戈雅也開口了，臉上揚起了異常燦爛的笑容「父母最終的夢想，還是要老來有兒女相伴。」

我止不住我的眼淚。我心底分明知道，旅人不會沒有帶來任何影響，只是我沒想到影響如此之大。

「另外我有件事要宣布，下個月我會辦一個小型的展覽，算是作爲一個畢業前的紀念，也藉著這機會衷心感激我的師父師母，沒有你們我的能力不會到達這裡。」

「泛，我們也會在展覽之後離開。」老闆說。

我奮力的集中精神，讓自己清醒。

「老闆娘會活得很開心的對嗎？」我看著老闆娘緊握著我的手。

「一定……一定會的。」老闆娘點頭「你不用擔心，如果你想回老家，我們可以在離開前先送你回去，我知道你媽媽很想念你的。」

「讓她自己先思考一下吧。」老闆說。

這一晚，老闆和老闆娘看上去老了很多，那種無力的感覺就這樣重重地壓在他倆身上。

飯後戈雅約我散步到學校的後山。你說這是你的祕密基地，看著這裡山溪巧石在月光下閃閃動人，我興奮無比，忘卻了一切。

「我平常都在這裡思考事情的，煩惱帶到這裡是待不久的。」

「爲什麼要告訴我這裡？」我光腳的站在滑溜的石頭上，好開心。

你突然拉住想要往水裡走的我「我有重要的話要說。」

「嗯？」我仍止不住開朗的心情。

「我是正經的。」戈雅收起其他任何不正經的表情。

「什麼？」我也收起我的興奮。

「當我的女人。」

「嗯？」

「當我的女人，我是認眞的。」

「但我們……」

「你不覺得那些牽掛都太無謂了嗎？明明我們是彼此喜歡，什麼該死的嫉妒。」

我認眞地看著他的眼睛。

「我會盡我所有的努力去成就你的能力，而你的能力，就這樣繼續讓我嫉妒好了，我喜歡你的厲害，喜歡你的一切。不要再趕我走了，也不要走。」你定眼等待我的答覆。

在水聲夜聲的見證下，

「嗯。」

「噢耶，約定了哦」你親了我。

那晚你送了我糖心對石的其中一顆，我見過它們，你說那是你請求老闆娘割愛賣你的。

「將來我會爲你一直住在這裡的。」戈雅對著我笑著，輕輕地把我的頭靠上他的肩膀。

慢步走到了公園。

「你看，這張椅子怎樣？」你把黑布掀開，椅子打著一個小小的蝴蝶結。

「嗯嗯嗯……嗯嗯……嗯嗯嗯……」你哼著不知名的旋律，牽著我的手由手柄那頭順著撫摸木頭的表面，圓滑的手柄能感受到反覆的打磨拋光，接著到了接縫處，每個轉折都能緊密得讓人驚嘆。接著，手沿著椅背撫摸到椅枕。出奇的凹凸感讓我們的手都停了下來。

「是瑪瑙。」我衝口而出。

「對，這是我們的椅子，在我們活著的時候它只屬於我們，有一天我們走了，就讓它來見證每一對男女的愛。」

萬物無聲，這一夜終於，我們眼中只有彼此，沒有了世界。

「你看，我把幾種不同種類的瑪瑙切割後組成了一個圓。」你的手帶著我的手順時針方向撫過每一顆石頭「總有一天我要踏上戈壁灘，尋找一塊百石共生的石頭，交到你的手裡。到時候我要娶你。」

我甜蜜地笑著「那裡還有……烤羊。」

「請不要吃掉一隻馴服了的羊……烤羊。」你也輕聲的笑著。

月光底下你親吻我滿是淚的眼睛，乘著雲朵我的思緒飄上半空。

＊＊＊

那年的六月二十七日。

當天是戈雅的作品展覽日，這些資訊都在那張羊皮紙邀請函上印得非常工整。照著卡底的路線圖，我、老闆和老闆娘約早上十一點就找到了那條街。從街頭已經能看到位於中間的那間房子，敞開的大門前，擺放著幾座慶典般的花柱。花柱上的花嬌豔得和他本人格格不入。

這是他的私人工作室，從不開放，是一個除了學校和小木箱店外，他唯一獨處的地方，我對它充滿一切的好奇。我們從熾熱的太陽下踏進房子，緩緩的空調洗刷了一遍我們的郁悶感，傳來陣陣的木頭香味，這跟小木箱店的味道很相似，好熟悉。房子的格局沒有很大，空間大概三米乘六米寬長。沿著兩旁的原木陳列板的動線，一件件大大小小的原木作品精心的排列著，我看到老闆的臉明顯非常欣喜，而我則挽著老闆娘的手步向房子的最深處。陳列板分成上下兩層，除了下層的木工區展示，上層的板上都空著，但仔細看著，對應牆上是一系列精美非常的圖畫。它們讓我的眼睛一直停留和徘徊，因爲紙上畫著的都是我的戈壁瑪瑙。每個種類、各款顏色以及它們的性情，戈雅都把它們的靈魂都勾勒出來，我深深受到感動，我想立即見到他。所行的每一步，牆上對應位置的圖畫都讓我們目不暇給，而處在房子最末端的地方，不難看出戈雅花了多少時間打造出這間濃縮了大自然的工作室。在房子最末端的牆上，是一塊同寬三米直達天花板的大原木板，原木板上鑲嵌著七彩繽紛的瑪瑙石塊，而後牆一道巧妙如天窗的缺口，把無瑕的百花圖照射得如教堂的彩窗，高潔純粹。在透潤的石頭之間，光線如飛魚般穿梭過境，互相映射、互相融入。我們爲之驚嘆，我也爲之憾動。

當天來參觀的人不少，因為他是學校的「神木童」。我們幫忙招待和整理，我們等著，戈雅卻遲遲都沒有出現。

我們連繫不到你。

但是，我不怎麼擔心，我以為你只是去了別的地方。

展覽會開到傍晚，老闆和老闆娘都回小木箱店打點將要離開的大小事。我跟著他們回到家裡一趟，我把我的寶貝石頭一整盒都帶在身上，跑回去戈雅的展覽房子。展覽已人去樓空，鵝黃的燈取代了日光，房子顯得有點孤單。我坐在位於角落的工作椅上，呆呆的等了你快五個小時，你依舊沒有出現。我心裡有點不安，但仍勉強自己放輕鬆。我從我的背包裡掏出我的盒子，把石頭一一放上你的陳列板上。你看，多好啊。

你在哪。

手機傳來「嗡……」的震動，把我從思緒裡拉回。是老闆娘來電，不是你。我把房子的燈關掉，用力把大門關上，扣上放在屋子地板的大鐵鏈。扣上之後，我們就很長一段時間都進不去了。

＊＊＊

當時我根本無法預料，你人已走在戈壁沙漠上，倒數著你的生命。

＊＊＊

剛開始的一個禮拜，我送走了老闆和老闆娘，他們讓我多待在小木箱店直至月底的租約期滿。這段時間，我忙著物色往後要租住的房子，我收拾行李，以及參加了一次寶石的拍賣會。我很忙，但已漸漸無法說服自己你還會回來。

在反覆思考之後，我得出一個結論，是……我被拋棄了。這個答案讓我的自尊心受到一點點的打擊，但它很快被我另一些自尊心扶起來，那是第一個禮拜末我的心情。

在第二個禮拜的第一天，小木箱店的郵箱中躺著一封信。後來發現它並不透露任何一點你的行蹤。還來不及打開，另一個消息便從店裡的電話傳出。那個電話是老闆的老朋友唐老師打來的，電話裡頭只有一句話：

「他走了。」

多麼無情又冷漠，彷彿不是形容曾經活生生的一個人一樣。

***

一幕一幕像幻燈片刷一聲就過去，清晰又不實在。我躺在醫院這個白色的布景板上，重新把過往回溯了一次。那些痛有點褪色，但又似是更痛。

門外傳來敲門聲，我轉頭過去喊了一聲請進。這個人讓我意外。是老闆娘，新「石頭紀」的老闆娘。她給了我一個很大又小心翼翼的擁抱。

「你怎麼會來？」我在老闆娘的懷中突然地哽咽，不知為何。

「因為戈雅。」老闆娘緩緩的說。

「戈雅？」我退開她的雙手，直直地看著她。

她點點頭。

「你說的……是那個……我的戈雅嗎？」我眼淚開始止不住奪眶而出。

「是的，是那個你忘不了，獨自一人走在大漠的戈雅。」她輕撫我的臉。

「告訴我……所有……關於他的事。」

事情過了那麼久，我對他的消失仍一無所知，每每我連對他投以悔恨，都無門乏力。

「當天我碰上他是我獨自去大漠背包行兼尋寶，這幾年奇石都被暴增的商人挖光，我去觀看它，憐惜它最後的這片風光。旅程的第二或第三天吧，我記不太清楚了，戈雅遇到在沙漠上靜坐的我。那天他仍沒有什麼病徵的。」

「病徵？什麼病徵？」

「沙塵過敏誘發氣喘，這是隔天開始才逐漸加重的。」

「氣喘症嗎？我不知道他曾經有過什麼氣喘病呀。」

「就是沒得過，才那麼束手無策。」

「幾個同行的背包客勸喻他及早離開，簡單的急救知識也不足以幫助他。」

「那他終究寧死不走的原因是什麼？」我難以抑制自己發怒。

「這些……就讓你自己看他最後寫的那幾篇日記了。」

「他留了日記在老闆娘你手裡？」

「其實我很抱歉把它藏了那麼久，要不是因爲他臨別時堅決的要求，我早就交給你了。」

「早就？所以……你是早就計劃好出現在我身邊的嗎？」

「我只能說，最後戈雅向我提出的請求，是讓我出現，保證你完好，我就功成身退。」

「什麼完好？老闆娘，你就對我說出實話吧，當時他到底說了什麼？」

「他說，如果他死了，你還是過得好好的，接著你會忘記他……的話，日記的事，也請我忘掉。」

「那……」

「要不是今天這個意外在學校鬧得那麼沸沸揚揚，我早以爲你已經放下了。」

「我不確定今天把它交到你手上是不是恰當，但聽我說一句，看完它，宣洩了想念，就重新好好的活著。你能答應我嗎？」老闆娘接著說。

我們靜默了好久。我在白茫茫的房間內淚眼模糊著。我問自己，我有曾放下過嗎？在我拼命地逃避的這一段日子裡，我心裡是那麼的風聲鶴唳，滿布血淚的左心室讓我無處可逃。我苟且得連呼吸都好痛。

第三篇　糖心

最　裹著模糊　美尤甚　距離
愛　潛藏泡影　搪塞起　期限
每　自發蠢動　導演了　永遠

戈雅的話：
「晚了，
夢想和愛情。」

下午時分，玉兒照料我。

「或者是他有話要說。」玉兒和我一同看著窗外莫名飄起的雨絲，它們低飛著、共舞著，她開口。雨點鬱鬱無聲。

「還有什麼好說的……」我緩地閉上雙眼。

「或者……這是他欠你的。」玉兒起身準備離開病房，我瞥見她紅了的雙眼「他確實欠了你。」

「欠我什麼？一隻烤羊還是一個解釋？」我的眼神尾隨她的身影。

玉兒搖搖頭，不再作聲地步出病房。

＊＊＊

如果到最後我手邊都不會出現一個答案，我該還要多久才能忘了你呢？會不會只是一個翌日的醒來？

那……我該翻開這本該死的日記嗎？

＊＊＊

6月27日天晴

我清晨就起來了。今天我有兩件事要做。

一是預先打開展覽的大門，第二件事，是我要去踏踏那片讓你神魂顛倒的戈壁了，泛。我要去尋找一塊屬於我和你的瑪瑙，紀念我倆最終決定在一起。

我現在坐在飛機上，有點暈。怎麼才離開就那麼的想念呢？泛。飛機飛離我們的土地之後，我有種無法克制的想念。

有些氣流，我先睡一下。

我會趕快找到它，回來送你，等我。

＊＊＊

6月28日天晴（有點太悶熱）

昨天離境之前我把手機關了。當下是很瀟脫的，那是早上七點多的飛機。

在飛機上我如暴風般的想念讓我開始懊悔，我是在搞什麼驚喜，一聲不響的離開，讓你擔心了吧，Sorry。

在我而言，妳知道妳是怎樣一個存在嗎？我試著不浮誇地說出最貼近的真實(^_^)：從師父家遇上你的那天，你就像奇石般種在我的心房中，你質樸、純粹而不世俗，表露才能時你很狂野、躲在師母身邊時你很靈巧、和我聊聊天時的你很剔透、聽著我說喜歡你的時候你很嬌媚、拒絕我時的你很暴烈。你就像一塊瑪瑙奇石，八面玲瓏。

我迫不及待的想在沙漠上找到集所有性格於一體的共生石。泛。

這代表著我看到你的所有面向，都那麼喜歡。

***

6月29日天陰

我在內地的機場寄給你一封信，裡面沒寫什麼，就想你、愛你什麼的……嘻嘻！

原來你一直在我身邊的日常，就算我們來不及更早就在一起，我對你的存在是那麼的習以為常，這樣我有點害怕哦，要麼我一回來就娶你怎樣？

車程很長，路很陡，走進大漠的那刻開始，我們就要坐上改裝的越野車，但車箱內還是極度的顛簸，泛，我吐了不少。不要笑我哦。

這邊的空氣不太好，是我們都習慣了台東的空氣了嗎？我快要窒息了呢……有時我會拼命地喘氣或拼命地咳嗽，我想我要加快腳步了。

今天我認識了一位中年的女士，她可是和你一樣是愛石之人哦，她說好了要帶我去大漠的心臟地帶，去找我心中的那顆寶石。

***

6月30日天陰

昨天提到的那位女士告訴我很多關於石頭的故事，泛，我很想立即跟你分享。

今天莫名刮起了一些小風暴，我氣喘得有點嚴重。我開始知道戈壁沙漠上的瑪瑙為何那麼形奇精髓了。為什麼我覺得連我都在被風沙浸蝕呢？(>_<)

我覺得我可能會無獲而回，這裡都被挖得亂七八糟了。連那些所謂的心臟地帶，都只剩下一些普品，第一、二天我還有撿一些的，但背包隨著我身體的不適重了很多，我收手了，現在只等遇到我們的那顆石頭。

***

7月1日天陰

泛，今天我要停工一天了，對啦偷懶啦。

今天我在住宿的地方看向外面，那道白茫茫變得好沉，空氣好像很混濁。我在床上昏昏沉沉，半睡半醒之間腦海滿是你。我想你了，我能放棄嗎，想回家了。

你會怪我嗎？

這邊沒有像你的石頭，沒有烤羊，最難過的是我感覺你好遙遠。

早一陣子我把那道題的盒子扔到學校工場的櫃子裡，胡亂設了個密碼……

泛，師父放棄我了，夢已死，我只剩下你一個。

***

7月2日不知道的天氣……

***

到這裡，我已經沒有勇氣翻下去，只剩一天的日記。

我反覆地倒吸了無數口氣，我無法平復。

我本以為我不敢看這日記的原因，是因為我怕當我看到你所謂的苦衷，我就必然要原諒你。那若是再沒有對你的埋怨，那我還剩下什麼？什麼都不剩的我，該怎麼活？

***

7月2日不知道的天氣……

可笑吧。他們說我得了氣喘，什麼過敏引起的。

氣死我了，那該死的氣喘讓我又得多躺在床上一天。

離我們的石頭又遠一天了，離我們重逢的日子又多加了一天了，你說氣不氣？

今天我回想了很多我們的過往呢，對了不知怎的，我今天有種對你很抱歉的感覺……

現在是晚上九點多，我下午又昏睡了。

我覺得……怎麼説，我感覺我要回不來了，原來今早的不是回憶和夢境，我漸漸分不清真實與幻覺。這個時分，是我今天頭腦最清醒的時候了，同行的伙伴好像為我做了不少的護理，我靠著些許抗生素尚算清醒。

今早我對那位愛石的女士提出了一個請求，有點像偶像劇那種。但現在我倒是慶幸我講了。

千言萬語只剩一句抱歉了。抱歉什麼承諾都沒有履行，那些愛你娶你的諾言成為我至此為止最像廢話的大話。千萬次對不起。

我已經不敢連絡你了。

這一刻，我願這片大漠的所有神奇都一起和我祈求，祈求你能遺忘。

若是最後不幸，你未忘。

請翻到此頁時，答應忘記我。

我會永遠留守在戈壁上，和那些寶石一起閃閃發亮地祝福你。

愛你的戈雅

***

原來，我賴以生存的從來都不是恨和埋怨。

戈壁瑪瑙很硬，據記載，它有摩氏7.8度。7.8度有多堅固？我想大概是手持愛情的長矛，七點八次刺穿心臟的強度。愛情在受不起七點八次考驗之前，會淪為普品，脆弱得不值珍藏。跨越億萬年的想念，在悠悠的時光裡，壓縮、聚集，結成最美麗的果實。

距離讓我們越發無瑕剔透，「剛好來不及」讓我們在回憶中尤其璀璨。

遺憾永久存活在最初動人的悸動裡，彼此的心裡。

我將繼續愛著大漠的瑪瑙石塊。

猶如愛著你一樣。在你永恆的閃閃發亮中，折射出最蠢蠢欲動的掛念。

不會忘記你，我大漠的寶貝。

我……大漠的戈雅。

全文完

獨白

我——販子——陳芷楓。
這個故事於我而言無疑是一條分界線，
而15年入圍「海峽兩岸網絡原創文學大賽」前200更是決定我會否接著寫下去的契機。

「還來不及報答就已經結束」，
這是我此刻想對讀者你說的話，
由衷感謝你拿起此書，讀完；
渴望你覺得不錯，
在意的是你有否受到感動。
我建立了一個留言板，誠意希望看過此書的你留下你對這故事的一切感言，

http://gb.tovery.net/vendeur_ean/
於你可能舉手之勞，於我卻是最重要的回饋。

特別需要鳴謝的人說少不少……

我固執，對每件在意的事都力求我選擇的完美，
所以我感謝我的家人，他們是對我無條件支持的一群人。
感謝，他們讓我無拘束、自由自在地成長，
所以我這脫韁的心靈能天馬行空的寫。

我有一群從學生時期就口口聲聲說支持我寫文、寫故事的朋友，
很多時候當我聽到他們甚至盲目的喜歡著，就會衍生出自信心。
我覺得一切精神產物都必須出自自信的靈魂，儘管任何事都不可能討好所有人，但我的世界因爲他們的「就是喜歡」而高高的撐了起來，

感謝，他們讓我感覺到背後有無條件力撐的爽快。

之後，要感謝「戈壁瑪瑙大漠瑰寶」的老闆娘。認識她是一種緣分，認識瑪瑙也是。我從中獲得的能量力量無法言盡。感謝。

再下來，是感謝繪畫封面的我最喜歡的水彩插畫師易婧，我一直深信她的畫裡面是有東西的。她的畫於她大概也是一個感情的載體吧。我跟她合作過兩次，另一次是這故事的電子版封面。

感謝妳。也對妳未來的插畫師之路給予支持和祝福。

最後，

感謝，江宇。

販子敬上

國家圖書館出版品預行編目資料

愛在摩氏 7 點 8 度／販子著. --初版.--臺中市：
白象文化，2016.09
面； 公分.——（說，故事；62）
ISBN 978-986-358-386-8（平裝）

857.7 105010091

說，故事（62）

愛在摩氏7點8度

作　　者　販子
校　　對　販子、蔡晴如
專案主編　蔡晴如
特約設計　凱特
出版經紀　徐錦淳、林榮威、吳適意、林孟侃、陳逸儒、蔡晴如
設計創意　張禮南、何佳諠
經銷推廣　李莉吟、莊博亞、劉育姍、李如玉
行銷企劃　黃姿虹、黃麗穎、劉承薇
營運管理　張輝潭、林金郎、曾千熏
發 行 人　張輝潭
出版發行　白象文化事業有限公司
　　　　　402台中市南區美村路二段392號
　　　　　出版、購書專線：（04）2265-2939
　　　　　傳真：（04）2265-1171
印　　刷　基盛印刷工廠
初版一刷　2016 年 9 月
定　　價　180 元